青海湖裸鲤研究与保护

陈大庆 熊 飞 史建全 祁洪芳 著

科学出版社

北 京

内 容 简 介

本书涉及青海湖裸鲤的栖息环境、生物学、生理学、遗传学、资源学、保护和管理等方面的内容,共分为 7 章。第 1 章介绍青海湖裸鲤的种群衰退过程和研究保护概况;第 2 章分析青海湖裸鲤的栖息环境及其变化趋势;第 3 章研究青海湖裸鲤的年龄、生长和繁殖生物学特征;第 4 章分析青海湖裸鲤的生理学指标;第 5 章研究青海湖裸鲤的遗传学特征,对其遗传多样性进行综合评价,并分析其系统发育关系;第 6 章研究青海湖裸鲤资源量时空分布特征,探讨其资源变化趋势;第 7 章分析青海湖裸鲤的保护现状、面临的主要威胁及保护对策。另以附录的形式给出青海湖裸鲤的相关保护条例和技术标准。

本书适合从事鱼类学、渔业资源、动物学、生态学、保护生物学等领域的科研人员、大专院校师生以及行政管理人员等使用。

图书在版编目(CIP)数据

青海湖裸鲤研究与保护/陈大庆等著. —北京:科学出版社,2011
ISBN 978-7-03-030955-6

Ⅰ.①青… Ⅱ.①陈… Ⅲ.①青海湖裸鲤-研究 Ⅳ.①Q959.46

中国版本图书馆 CIP 数据核字(2011)第 079542 号

责任编辑:王海光 王 玥/责任校对:张凤琴
责任印制:钱玉芬/封面设计:耕者设计工作室

科 学 出 版 社出版
北京东黄城根北街 16 号
邮政编码:100717
http://www.sciencep.com

骏 主 印 刷 厂 印刷
科学出版社发行 各地新华书店经销

*

2011 年 5 月第 一 版 开本:B5(720×1000)
2011 年 5 月第一次印刷 印张:9 插页:6
印数:1—1 000 字数:166 000

定价:50.00 元
(如有印装质量问题,我社负责调换)

作 者 简 介

陈大庆 男,湖北荆州人。2004 年毕业于中国科学院水生生物研究所,获博士学位。现任中国水产科学研究院长江水产研究所副所长、研究员,华中农业大学和西南大学兼职教授、博士研究生导师。兼任中国水产学会资源环境分会副理事,国家环境保护总局环境评价专家,《水产学报》、《中国水产科学》编委等学术团体职务。主要从事渔业资源和环境保护的科研工作,先后主持国家自然科学基金、世界自然基金会、国家环境保护部、科技部、农业部等单位的多项科研项目。在国内外期刊发表论文 100 余篇,主编和参编专著(译著)3 部。先后获农业部、青海省、中国水产科学研究院科技进步奖 8 项。

熊　飞 男,湖北荆门人。1996 年 9 月至 2003 年 7 月就读于华中农业大学水产学院,获学士、硕士学位,2003 年 9 月至 2006 年 7 月就读于中国科学院南京地理与湖泊研究所,获博士学位,毕业后留所工作,2006 年 11 月调往江汉大学生命科学学院工作。研究方向为湖泊生态学、鱼类生态学,先后参与了国家高技术研究发展计划("863"计划)、中国科学院知识创新工程等项目,主持了国家自然科学基金(40901037)和湖北省自然科学基金(2009CD2012)等项目,在国内外期刊发表论文 30 余篇。

史建全 男,青海西宁人。青海湖裸鲤救护中心农业推广研究员,主要从事青海湖裸鲤的研究和保护工作。先后承担"青海湖裸鲤原种扩繁"、"青海湖裸鲤种苗池塘培育与增殖放流"、"青海湖裸鲤资源动态监测与管理"和"青海湖裸鲤淡水全人工养殖研究"等二十多项课题,获青海省科技进步奖二等奖、农业部农牧渔业丰收奖三等奖、中国水产科学研究院科技进步奖二等奖各 1 项,制定国家标准 2 项、地方标准 4 项、国家发明专利 6 项,发表论文 30 余篇。为青海省水产学科带头人,青海省优秀科技工作者,青海省委、省政府联系高级专家。

祁洪芳 女,青海湟中人。青海湖裸鲤救护中心高级工程师,主要从事青海湖裸鲤资源保护、资源监测和淡水养殖等研究工作。主持和参与"青海湖裸鲤种苗池塘培育与增殖放流"等十余项省部级科研课题。获得青海省科技进步奖二等奖、农业部农牧渔业丰收奖三等奖、中国水产科学研究院科技进步奖二等奖各 1 项,制定国家标准 2 项、地方标准 2 项、国家发明专利 2 项,发表学术论文 20 余篇,2008 年获得"全国知识型职工先进个人"称号。

序

    裂腹鱼类是分布于亚洲高原的一群特殊的鲤科鱼类,主要分布在我国青藏高原及其毗邻地区,目前此类动物大都处于濒危状态,其物种保护和资源恢复面临着巨大挑战。青海湖裸鲤为我国特有种,局限分布在青海湖及其入湖河流,分布范围狭窄,种群数量已显著下降。青海湖裸鲤是青海湖中唯一的经济鱼类,也是湖中重要的生物因子和食鱼鸟类赖以生存的物质基础,在湖泊生态系统中起着核心作用。青海湖裸鲤的研究与保护,对保育我国特有鱼类物种资源、维护水域生态平衡和保障渔业资源可持续利用具有重要意义。近十年来,在各级政府和科研人员的艰辛努力下,青海湖裸鲤的保护工作取得了可喜的成就,这为我国高原濒危鱼类的保护工作提供了示范。

    由中国水产科学研究院长江水产研究所陈大庆博士等著的《青海湖裸鲤研究与保护》一书,全面介绍了青海湖裸鲤的栖息环境、生物学、生理学、遗传学、资源学、保护和管理等方面的最新研究成果,内容丰富,是一部具有较高水平的学术专著,对青海湖裸鲤保护工作的发展具有重要推动意义。

    然而,我们还需清醒地认识到,青海湖裸鲤等高原鱼类的现状仍令人担忧,其保护和研究工作任重道远。过度捕捞、栖息生境和产卵场的破坏、日益退化的高原生态环境等仍然威胁着这些鱼类的生存和繁衍。为有效改善这些状况,必须做到科研、保护与管理紧密结合,在充分的科学研究和论证的基础上,采取就地保护和迁地保护等综合措施,维护自然资源的可持续利用。

    该书的四位作者均长期从事鱼类资源研究和濒危物种保护工作,具有系统的研究基础和丰富的实践经验。该书是对青海湖裸鲤科学研究成果和保护经验的全面总结,不仅可以指导青海湖裸鲤的深入研究和保护工作,对其他高原鱼类的物种保护与资源恢复也具有重要的参考和借鉴价值。

中国科学院院士
2011 年 3 月

前　言

　　青海湖位于青藏高原东北部,为我国最大的内陆咸水湖,其环境独特,是国际重要湿地保护区、国家级自然保护区、青海湖裸鲤国家级水产种质资源保护区。青海湖裸鲤为我国特有种,是青海湖中唯一的经济鱼类,也是湖中重要的生物因子和食鱼鸟类赖以生存的物质基础,在湖泊生态系统中起着核心作用。1964 年青海湖裸鲤被列为国家重要和名贵的水生经济动物,2003 年被列为青海省重点保护水生野生动物,2004 年被列入《中国物种红色名录》(濒危)。青海湖裸鲤原始蕴藏量达 32 万 t,但 20 世纪 60 年代以来,由于生态恶化和过度捕捞等因素的影响,青海湖裸鲤的产卵场遭到破坏,产卵群体数量不足,种群构成日益低龄化,资源急剧减少,严重影响到湖泊生态系统的良性循环。青海湖裸鲤的研究与保护,对保护我国特有鱼类种质资源、维护地区生态平衡和促进湖区渔业资源可持续利用具有重要意义。

　　青海省政府从 1982 年开始,先后四次对青海湖实施封湖育鱼:1982～1984 年,限产 4000t;1986～1989 年,限产 2000t;1994～2000 年,限产 700t;2001～2010 年,零捕捞。此外,渔业部门严厉打击非法捕鱼活动,并在青海湖北岸建立了青海湖裸鲤人工放流站,对其资源进行增殖。2004 年,青海省又成立了青海湖裸鲤救护中心,对其进行全面科学的研究和抢救性保护。经过几十年的艰苦努力,青海湖裸鲤的保护工作卓有成效,其资源量正在逐步回升。

　　"九五"以来,中国水产科学研究院长江水产研究所、青海湖裸鲤救护中心等单位科研人员对青海湖裸鲤进行了长期、系统和多学科领域的研究,获得了大量的研究成果,本书正是在对这些研究成果进行系统分类、整理和提炼的基础上完成的。全书分为 7 章,第 1 章介绍青海湖裸鲤的种群衰退过程和研究保护概况;第 2 章分析青海湖裸鲤的栖息环境及其变化趋势;第 3 章研究青海湖裸鲤的年龄、生长和繁殖生物学特征;第 4 章分析青海湖裸鲤的生理学指标;第 5 章研究青海湖裸鲤的遗传学特征,对其遗传多样性进行综合评价,并分析其系统发育关系;第 6 章研究青海湖裸鲤资源量时空分布特征,探讨其资源变化趋势;第 7 章分析青海湖裸鲤的保护现状、面临的主要威胁及保护对策。另以附录的形式给出青海湖裸鲤的相关保护条例和技术标准。全书内容涉及青海湖裸鲤的栖息生境、生物学、生理学、遗传学、资源学、保护和管理等方面,重点探讨了青海湖裸鲤的繁殖特征、遗传多样性、资源量时空动态及物种保护策略等,侧重反映人类活动加剧和全球环境变化背景下青海湖裸鲤种群结构和资源量变化趋势、面临的主要威胁和保护对策。

本书涉及的研究工作得到了青海省"十五"科技攻关项目、农业部等部委有关项目的资助。部分研究工作得到了各位同仁的热心帮助和大力支持,他们是中国水产科学研究院长江水产研究所的刘绍平研究员、段辛斌副研究员,中国水电顾问集团昆明勘测设计研究院的张信工程师,青海湖裸鲤救护中心的杨建新先生、李苏霞女士,西南大学的张春霖副教授和唐洪玉副教授,中国水产科学研究院珠江水产研究所的谭细畅博士,水利部中国科学院水工程生态研究中心的乔晔副研究员。作者对上述部门、组织和个人表示诚挚的谢意。

本书的出版是对青海湖裸鲤科学研究成果和保护经验的全面总结,对推动青海湖裸鲤及其他高原裂腹鱼类的物种保护与资源恢复具有指导和借鉴价值。本书为我国高原裂腹鱼类的资源保护与恢复提供了理论和实践依据,可作为渔业资源和物种保护等方面科研人员、政府部门管理人员的参考书。由于作者的学识和时间所限,书中可能会存在一些问题和不足,敬请同仁批评指正,以便在今后的工作中修正。

著 者

2011 年 2 月 24 日

目　　录

第1章 青海湖裸鲤研究概述

正名:青海湖裸鲤(图 1-1)

学名:*Gymnocypris przewalskii przewalskii*(Kessler)

英文名:Naked carp of Qinghai lake

地方名:湟鱼、无鳞鱼

同物异名:*Schizopygopsis przewalskii* Kessler 1876

    Gymnocypris przewalskii Herzenstein 1891

    Gymnocypris roborowskii Herzenstein 1891

    Gymnocypris leptocephalus Herzenstein 1891

    Gymnocypris chengi Tchang et Chang 1963

    Gymnocypris depressus Tchang et Chang 1963

    Gymnocypris chinghainensis Tchang et Chang 1963

    Gymnocypris convexaventris Tchang et Chang 1963

40mm

图 1-1 青海湖裸鲤(仿朱松泉和武云飞,1975)

1.1 分类地位

青海湖裸鲤隶属于鲤形目(Cypriniformes)、鲤科(Cyprinidae)、裂腹鱼亚科(Schizothoracine)、裸鲤属(*Gymnocypris*),是我国特有种。裂腹鱼类(Schizothoracine fish)是分布于亚洲高原地区的一群特殊的鲤科鱼类,世界上的裂腹鱼亚科有 12 属,中国约产 11 属 76 种和亚种(陈毅峰和曹文宣,2000)。裸鲤属鱼类为高原分布极广的类群,我国有 7 种 4 亚种,主要分布在我国青藏高原的黄河上游河流与湖泊,长江上游,澜沧江永春河,雅鲁藏布江附近的羊卓雍湖、浪错、佩枯湖等,以及内陆水体格尔木河、青海湖、库尔雷克湖等。

裂腹鱼亚科分属检索

1	(4)	下咽齿 3 或 4 行
2	(3)	须 2 对,吻部正常 ………………………… 裂腹鱼属 *Schizothorax* Heckel
3	(2)	须 1 对,吻部宽扁 ………………………… 扁吻鱼属 *Aspiorhynchus* Kessler
4	(1)	下咽齿 2 行或 1 行
5	(20)	下咽齿 2 行
6	(11)	须 1 对
7	(10)	体被细鳞
8	(9)	下颌前缘具锐利角质 ………………………… 重唇鱼属 *Diptychus* Steindachner
9	(8)	下颌前缘无锐利角质 ………………………… 叶须鱼属 *Ptychobarbus* Steindachner
10	(7)	体裸露无鳞 ………………………… 裸重唇鱼属 *Gymnodiptychus* Herzenstein
11	(6)	无须
12	(19)	下咽骨较狭窄,呈弧形;下咽齿细圆,顶端尖;肩带部分具少数不规则鳞片
13	(16)	口端位或亚下位;下颌前缘无锐利角质,或仅在内侧有之但不形成锐利角质前缘;颏部和颊部每侧具一列较明显的黏液腔
14	(15)	吻部正常,腹部起点位于背鳍起点之后的下方,腹膜黑色 …………………… ………………………… 裸鲤属 *Gymnocypris* Günther
15	(14)	吻部尖长,腹部起点位于背鳍起点之前的下方,腹膜灰白色 ………………………… 尖裸鲤属 *Oxygymnocypris* Tsao
16	(13)	口下位,口裂横直或略呈弧形;下颌前缘具锐利角质;颏部和颊部的黏液腔不明显
17	(18)	下颌的锐利角质前缘平直向前,其长度大于或等于眼径 …………………… ………………………… 裸裂尻鱼属 *Schizopygopsis* Steindachner
18	(17)	下颌的锐利角质前缘向上倾斜,其长度显著小于眼径 ………………………… 黄河鱼属 *Chuanchia* Herzenstein
19	(12)	下咽骨宽阔,略呈三角形;下咽齿侧扁,顶端平截;肩带部分无明显鳞片 …………………… ………………………… 扁咽齿鱼属 *Platypharodon* Herzenstein
20	(5)	下咽齿 1 行,体裸露无鳞 ………………………… 高原鱼属 *Herzensteinia* Chu

裸鲤属分种检索

1	(20)	下咽齿 2 行
2	(9)	背鳍末跟不分枝鳍条较弱,其后侧缘的锯齿细小或仅为锯齿痕迹
3	(4)	第一鳃弓鳃耙数较多,外侧 20～28 枚,内侧 28～40 枚(西藏佩枯湖、戳错龙湖)…………… ………………………… 软刺裸鲤 *G. dobula* Günther
4	(3)	第一鳃弓鳃耙数较少,外侧 18 枚以下,内侧 28 枚以下
5	(6)	口端位,第一鳃弓内侧鳃耙 18～28 枚(羊卓雍湖、哲古湖、珀莫错、莫特里湖、嘎罗维金马湖) ………………………… 高原裸鲤 *G. waddellii* Regan
6	(5)	口亚下位,第一鳃弓内侧鳃耙 18 枚以下 ………………………… 花斑裸鲤 *Gymnocypris eckloni* Herzenstein

7　（8）　臀鳞行列的前端一般不达腹部基部（澜沧江、岷江）……………………………………………
　　　　　…………………………………… 松潘裸鲤 G. potanini potanini Herzenstein

8　（7）　臀鳞行列的前端一般到达或接近腹部基部（金沙江）…………………………………………
　　　　　…………………………… 硬刺松潘裸鲤 G. potanini firmispinatus Wu et Wu

9　（2）　背鳍末根不分枝鳍条较强，其后侧缘的锯齿发达

10　（13）　口端位，口裂倾斜

11　（12）　腹鳍起点与背鳍第四根分枝鳍条的基部相对（西藏兰格湖）…………………………………
　　　　　…………………………… 兰格湖裸鲤 G. chui Tchang, Yueh et Hwang

12　（11）　腹鳍起点与背鳍第一或第二根分枝鳍条的基部相对（青海省逊木措湖）………………………
　　　　　…………………………………… 斜口裸鲤 G. scoliostomus Wu et Chen

13　（10）　口亚下位，口裂平直

14　（17）　背鳍和尾鳍通常具有明显的斑点，在较小个体中体侧的斑点尤为显著

15　（16）　下颌内侧无角质，或内侧的角质不发达不呈崤状（格尔河、黄河）…………………………
　　　　　…………………………… 花斑裸鲤 G. eckloni eckloni Herzenstein

16　（15）　下颌内侧的角质较发达，不呈崤状（甘肃河西走廊的石羊河、弱水河疏勒河）…………………
　　　　　…………………………… 祁连裸鲤 G. ecklonis chiliensis Li et Chang

17　（14）　背鳍和尾鳍通常无明显的斑点；体侧无斑点但有块状暗斑

18　（19）　鳃耙背缘的两侧各有 1 列明显的突起；第一鳃弓鳃耙数偏多，外侧 13～51（集中于 23～36
　　　　　枚），内侧 23～72（集中于 35～54）枚（青海湖）………………………………………
　　　　　…………………………… 青海湖裸鲤 G. przewalskii przewalskii (Kessler)

19　（18）　鳃耙背缘的两侧各无明显的突起；第一鳃弓鳃耙数偏少，外侧 12～29（集中于 15～20 枚），内
　　　　　侧 18～46（集中于 23～30）枚（青海省甘子河）…………………………………………
　　　　　甘子河裸鲤 G. przewalskii ganzihonensis Zhu et Wu

20　（1）　下咽齿一般为 1 行（西藏纳木错）…………………… 纳木错裸鲤 G. namensi (Wu et Ren)

　　青海湖裸鲤体长形，稍侧扁，头锥形。口近端位或亚下位，呈马蹄形。上颌略微突出，下颌前缘无锐利角质。唇狭窄，唇后沟中断，无须。身体裸露无鳞，除臀鳞外，在肩带部分有 2 或 3 行不规则的鳞片。侧线平直，侧线鳞前端退化成皮褶状，后段更不明显。背鳍具发达而后缘带有锯齿的硬刺。体背部黄褐色或灰褐色，腹部浅黄色或灰白色，体侧有大型不规则的块状暗斑；各鳍均带浅红色，但无斑点。

　　青海湖裸鲤的分类研究始于 19 世纪下半叶，Kessler 于 1876 年最先将 Przewalskii 1874 年采自青海湖的一尾标本定名为 Schizopygopsis przewalskii，但在描述中未曾提到下颌前缘是否有锐利角质。后来，Herzenstein（1891）结合 Przewalskii 1880 年和 1886 年采自青海湖的标本，补充描述了该鱼模式标本，将属名更定为 Gymnocypris，并一直沿用至今。同时他还根据背鳍起点位置和口裂前缘与眼下缘的相对位置建立了两个新种：G. roborowskii 和 G. leptocephalus。张春霖和张玉玲（1963a，1963b）根据腹部有鳞片和唇为肉质的特征建立了新种 G. chengi；后又根据头形、第一鳃弓鳃耙数和口裂前缘与眼球的相对位置等特征确立了两个新种 G. depressus 和 G. chinghainensis；之后根据体长和体高之比建立了一个新

种 *G. convexaventris*。后来,朱松泉和武云飞(1975)在测量大量标本后,发现这 7
个种都是 *Gymnocypris przewalskii przewalsaii* 的同物异名。Herzenstein
(1891)及张春霖和张玉玲(1963a,1963b)建立新种所依据的特征都只是种内的变
化,由于栖息地环境的变化导致青海湖裸鲤的形态特征在种内有很大的变异,并进
一步根据形态和地理差异,把青海湖地区的裸鲤归结一个种 *Gymnocypris przew-
alskii*,两个亚种即青海湖裸鲤 *Gymnocypris przewalskii przewalskii* 和甘子河裸
鲤 *Gymnocypris przewalskii ganzihonensis*,其中甘子河裸鲤仅分布于青海湖附近
的甘子河,并认为这两个亚种的分化是由于地理隔离的原因造成的。青海湖裸鲤
具有溯河洄游繁殖的习性,湖周各河流的水域条件都会有一定的差异,加上高原的
特殊环境,或许就导致在长时间的进化过程中青海湖裸鲤积累了大量的变异,形成
了较大的形态特征变化,从而引起早期形态分类上的一些混乱。

分子系统发育的研究表明(赵凯等,2005),青海湖裸鲤在种的水平上没有显示
分化,支持上述同物异名的研究结果,但同时也认为甘子河与青海湖的隔离是非常
新近的事件,甘子河裸鲤与青海湖裸鲤并未显示出明显的遗传分化,不支持青海湖
裸鲤为一个多型种。

1.2　种群分布

青海湖裸鲤为冷水性鱼类,主要分布在青海湖及其支流中,在湖中生长,繁殖
季节洄游到支流中产卵。20 世纪 60 年代,在伊尔德马河、智海确河、黑马河、布哈
河、巴哈乌兰河、沙柳河、哈尔盖河等支流中均有分布(朱松泉和武云飞,1975)。据
青海省环境水文地质总站统计,50 年代湖区共有大小河流 128 条,随着气候的干
旱及人为活动的加剧,目前湖区大部分河流已干涸。现在,每年 5～6 月,在布哈
河、黑马河、沙柳河和泉吉河都能见到大批聚集洄游的鱼群。曾是主要繁殖河道之
一的哈尔盖河由于上游水质污染,青海湖裸鲤数量急剧下降,偶尔能见到几尾。甘
子河裸鲤的数量也明显减少,2003 年采到的最大个体仅 14cm(赵凯等,2006),远
不及原来的最大体长 31.5cm(朱松泉和武云飞,1975)。19 世纪 80 年代在青海柴
达木盆地东部的克鲁克湖发现有青海湖裸鲤分布,被认为是青海湖裸鲤指名亚种
的不同地理居群(武云飞和吴翠莲,1991),但目前该湖已放养了大量经济鱼类(王
振吉和赵淑梅,1996),这一地理种群可能现有数量极少或濒临灭绝(赵凯等,
2006)。青海湖裸鲤种群分布见彩图 1-2。

1.3　种群衰退

1.3.1　衰退过程

青海湖裸鲤是青海湖中唯一的经济鱼类,其原始蕴藏量为 32 万 t。1960～2008 年青海湖裸鲤的资源变化情况见图 1-3。20 世纪 60 年代初资源量达 20 多万 t,70 年代初逐渐下降到 2.05 万 t,80 年代初为 1.74 万 t,90 年代初为 1.26 万 t,90 年代末下降到 0.34 万 t,青海湖裸鲤资源处于严重衰退之中,已不具备开发能力。2002～2009 年的水声学探测结果表明:其资源量为 0.26 万～2.73 万 t,表现出一定的回升趋势。

图 1-3　1960～2008 年青海湖裸鲤资源量变化趋势

青海湖裸鲤资源的衰竭始于 20 世纪 60 年代初期的大规模捕捞,捕捞产量超过了青海湖裸鲤种群增殖的能力,特别是在黑马河、布哈河、泉吉河、沙柳河、哈尔盖河大量捕杀产卵亲鱼群体,造成青海湖裸鲤资源的急剧衰减。1959～1962 年的 4 年间,渔轮作业捕捞量平均为 1300～5000t,仅占总捕捞量的 10%～15.9%,其余都为产卵场和河口地区大拉网、"迷魂阵"和抬网捕捞的产卵亲鱼和后备繁殖群体,年捕捞数量达到 11 700～25 532t,4 年总计损失产卵亲鱼(或后备产卵亲鱼)共 69 600t。

1963 年以后,大拉网、"迷魂阵"、小眼挂网和抬网捕捞被限制,冬季全部禁捕,并加强了产卵场的保护和管理,只保留了青海湖渔场 3 对渔轮在深水区的捕捞活动,捕捞非产卵鱼群。此外,当时春旱发生频率低,河道水位稳定,对亲鱼产卵活动影响较小,渔业资源趋于稳定,1963～1979 年鱼产量稳定在 4560 t/a。

1990 年以后,产卵场的人为破坏、河水水位下降以及河口地区泥沙淤积,对青海湖裸鲤的繁殖洄游产生了严重影响。沙柳河、哈尔盖河因修建拦河大坝,阻断了青海湖裸鲤产卵繁殖的通道,在枯水季节因河道中没有水,青海湖裸鲤不能进入沙柳河产卵;丰水季节,虽然河道中有水流,但产卵亲鱼只能到达拦河坝下,被大量偷捕。

青海湖裸鲤种群的衰退不仅表现在数量上,而且表现在生物学方面,群体向小型化、低龄化发展(表 1-1)。20 世纪 60 年代见到的最大个体达 10~20kg(胡安等,1975),而在 2002 年的调查中,在青海湖裸鲤增殖放流站见到的最大一尾体重为2.2kg,相差近 10 倍。

表 1-1　不同年份青海湖裸鲤平均体长、体重

年份	20 世纪 60 年代	20 世纪 70 年代	20 世纪 80 年代	20 世纪 90 年代	2002~2009 年
平均体长(mm)	288	269	254	240	245
平均体重(g)	463	368	300	175	190

1.3.2　主要原因

(1)过度捕捞。青海湖裸鲤自 1957 年开发以来,已累计产鱼 20.8 万 t,1994年鱼产量约占青海全省鱼产量的 90%。青海湖裸鲤资源利用经历了三个阶段:1957~1959 年产量低,资源未充分开发利用;1960~1962 年产量最高,是开发初期进行强度捕捞的结果,虽然获得高产,但已经捕捞过度;1963 年以后产量急剧下降,资源逐年衰退。每网产量由 1960 年的几万公斤,到 1970 年后只有几千公斤,甚至为零。从 20 世纪 80 年代开始,过度捕捞和偷捕滥捞现象趋于严重,尤其是在产卵期间,大量的亲鱼聚集在河口地区被偷捕人员抢捕一空,使青海湖裸鲤资源量锐减。青海湖裸鲤产卵量减少导致种群后备补充群体也急剧减少,给资源增殖恢复造成了极大的困难。

(2)产卵场破坏。青海湖裸鲤繁殖具有溯河洄游习性。青海湖水位的下降,水面萎缩,造成产卵场缩小,产卵鱼群因水浅不能进入各支流产卵繁殖。受气候干旱的影响,青海湖大部分支流已长期干涸或成间歇性河流,入湖河流数量由 20 世纪50 年代的 108 条骤减至现在的 8 条,仅剩的可供青海湖裸鲤产卵繁殖的支流也由原来的 711km 减少到 278km。这些河流在 5~7 月均有断流发生。据统计,至1995 年布哈河因断流而搁浅致死的青海湖裸鲤亲鱼达 300t,2001 年一次因断流致死亲鱼 135t。断流和流量不稳定,还使待孵化的受精卵干死(王基琳,2005a)。

此外,在河道建坝设闸,引河水灌溉,阻断了青海湖裸鲤产卵繁殖通道,使天然产卵场遭到毁灭性的破坏。大量亲鱼不能上溯产卵而聚集在拦河坝下,导致最终搁浅死亡。青海湖北岸的沙柳河、哈尔盖河已被完全截断,进行农业灌溉之用,春灌之时,正是青海湖裸鲤的繁殖季节,严重影响青海湖裸鲤繁殖用水需求。

(3)生境因素。青海湖作为我国最大的内陆咸水湖泊,其自然生态环境的独特性构成了青海湖区最为独特的高寒生态系统。青海湖裸鲤是个体较大,生长缓慢和怀卵量小的高原鱼类。由于湖区气候相对较为寒冷和湖水饵料贫乏,生长速度十分缓慢,决定了其种群的稳定性较差,容易受到外界波动的影响。青海湖水位逐年下降,河流水量的减少使水体萎缩,湖水矿化度和碱度升高,其含盐量由 20 世纪 60 年代初的 12.49g/L,增加到 2001 年的 16 g/L,pH 由 9.0 上升到 9.2,严重影响水生饵料生物及鱼类的生长和发育(张金兰和覃永生,1997;史建全等,2004a)。实验证明,青海湖裸鲤在尕海中不能生存(其含盐量为 26%,pH 为 9.5),主要是碱度太高,造成青海湖裸鲤中毒死亡。水污染的加剧,也对青海湖裸鲤存在威胁,自 80 年代以来,每年均有多次由于羊药浴后的药液排入河道及湖中,造成青海湖裸鲤产卵亲鱼中毒死亡事故发生,导致资源的严重损失。

1.4　研究和保护概况

1.4.1　研究概况

青海湖裸鲤的研究和保护,对我国特有鱼类种质资源保护、地区生态平衡维护和湖区渔业资源可持续利用具有重要意义。20 世纪 50 年代以来,我国在青海湖裸鲤研究和保护方面开展了一系列的工作。

20 世纪 50 年代,中国科学院水生生物研究所等单位对青海湖渔业资源及渔业生物学进行了系统调查,提出了开发渔业资源的建议。1961 年,中国科学院组织"青海湖综合考察队"从湖区地质地貌、湖水理化性质、水生生物和地球化学等方面对青海湖进行了较为全面的综合考察,编著了《青海湖综合考察报告》(中国科学院兰州地质研究所等,1979)。

20 世纪 60～70 年代中国科学院西北高原生物研究所在青海湖裸鲤生物学、渔业生产和渔业区划等方面有过较全面的研究,在总结以往研究成果的基础上于 1975 年编著了《青海湖地区鱼类区系和青海湖裸鲤的生物学》一书,为后来青海湖裸鲤研究奠定了基础。1988 年联合国粮食及农业组织援助青海"青海渔业发展"项目,进行了青海湖鱼类资源、饵料生物和水域环境理化因子等的调查(Walker et al.,1996)。

"九五"以来,青海湖裸鲤救护中心、中国水产科学研究院长江水产研究所等单位依托"青海湖裸鲤人工繁殖生物学与放流技术研究"、"青海湖裸鲤资源动态监测与管理"、"青海湖裸鲤原种扩繁"、"青海湖裸鲤种苗池塘养殖与增殖放流"等项目,开展了比较系统的研究工作,主要包括年龄与生长(熊飞等,2006)、繁殖生物学(史建全等,2000a;张信等,2005)、人工繁殖和增殖技术(史建全等,2000b)、群体遗传学(Chen et al.,2005;蒋鹏等,2009)和资源量评估(Chen et al.,2009)等,并制定了国家标准《青海湖裸鲤繁育技术规程》(GB/T 19527-2004)和《青海湖裸鲤》(GB/T 21444-2008)(见附录Ⅱ和附录Ⅲ)。

另外,许多单位或研究人员还开展了大量分散的研究工作,除上述系统研究的方面以外,还涉及生理生化(丛淑品等,1982;王典群,1987,1988;张才俊等,1992;杨绪启等,1998;施玉樑等,1995;魏乐,2000;李太平等,2001a,2001b;祁得林和李军祥,2002;Wang et al.,2003;祁得林,2003;许生成,2003;李晓卉和张雁平,2005a,2005b;王申,2005;Wood et al.,2007;Matey et al.,2008;Brauner et al.,2008;Wang et al.,2008;Casselmana et al.,2008;Cao et al.,2008;Chen et al.,2008;秦桂香等,2008)、分子系统进化(赵凯,2001a;Zhao,2007)、种质资源(许生成等,2003;李太平和李均祥,2003;祁得林,2004;陶元清,2005a,2005b)、资源利用与保护(张玉书和陈瑗,1980;赵利华,1982a;陈民琦等,1990;王基琳,2005b;陈燕琴等,2006;史建全,2008)、系统进化(谢振宇,2005;赵凯,2005;赵凯等,2005;祁得林等,2006;谢振宇等,2006;赵凯等,2006)、体内寄生虫(刘立庆等,1981;杨廷宝和廖翔华,1996,1999;杨延宝等,2000,2001)等方面。

大量的研究工作为青海湖裸鲤资源的恢复、保护和可持续利用奠定了坚实的基础。

1.4.2　保护概况

青海湖湖泊生态以水生生物—鱼类—鸟类—草原为主,而青海湖裸鲤是青海湖中唯一的大型经济鱼类,也是湖中重要的生物因子和食鱼鸟类赖以生存的物质基础,在湖泊生态系统中起着核心作用。1964年青海湖裸鲤被列为国家重要和名贵的水生经济动物,1994年《中国生物多样性保护行动计划》将其列入鱼类优先保护物种二级名录,2003年被列为青海省重点保护水生野生动物,2004年被列入《中国物种红色名录》(濒危)(汪松和谢焱,2004)。

由于生态恶化和过度捕捞等因素的影响,青海湖裸鲤的产卵场遭到严重破坏,产卵群体数量严重不足,种群构成日益低龄化,资源急剧减少,严重影响到湖泊生态系统的良性循环。为了有效保护青海湖渔业资源,青海省政府从1986年开始,先后四次对青海湖实施封湖育鱼,第四次全面封湖育鱼从2001年开始至2010年,历时10年,全面禁渔。与此同时,渔业部门严厉打击非法捕鱼活动,并在青海湖北岸建立了青海湖裸鲤人工放流站,对其资源进行增殖。2004年,青海省又将青海湖裸鲤人工放流站与青海省鱼类原种良种场合并,成立了青海湖裸鲤救护中心,对其进行全面科学研究和抢救性保护。

　　20 世纪 80 年代对青海湖裸鲤曾进行过两次封湖育鱼,但因时间短,收效不大,并没有遏制青海湖裸鲤种群数量继续下滑的势头。目前虽然加大了渔政管理,强化了法制措施,并在裸鲤产卵的各河段建立了增殖保护区,但因周期长,恢复程度有限,难从根本上解决保护增殖问题。青海省水产研究所在 1991 年 5 月,用 1 尾青海湖裸鲤雌鱼和一尾雄鱼在人工环境下繁殖获得 4000 尾裸鲤鱼苗,到当年 10 月育成体长 6~8cm 鱼种 3000 尾,成活率达 75%。1996~1998 年对青海湖裸鲤的人工繁殖和苗种培育技术作了详尽的研究,青海湖裸鲤人工繁殖技术进一步成熟,形成了《青海湖裸鲤原种生产操作规程》,掌握了苗种繁殖、孵化和培育技术,授精率、孵化率、出苗率平均达到 80% 以上,通过了农业部技术转化项目鉴定。在沙柳河建立的青海湖裸鲤人工放流站,每年要向青海湖投放人工繁育鱼苗 300 多万尾,是目前青海湖裸鲤增殖保护的一项成功措施。研究也表明,目前对青海湖裸鲤的保护措施是卓有成效的,2002 年以来青海湖裸鲤资源量在逐步回升,2004 年超过 5000t,2009 年达到 2.73 万 t。

1.5   濒危等级评估

　　世界自然保护联盟(IUCN)濒危物种《红色名录》的等级标准是简单而被广泛接受的全球受威胁物种的分级标准体系,该体系的目的是为按照物种的绝灭危险程度进行最广范围物种的等级划分,提供了明晰而客观的框架。INCN/SSC(2001 年版 3.1)《红色名录》将物种的状况分为 9 个等级(图 1-4),其中极危、濒危和易危 3 个等级表明物种处于受威胁状态。

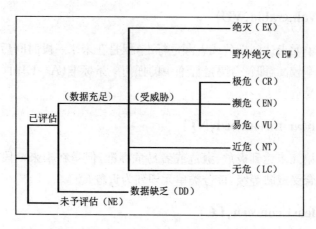

图1-4   IUCN《红色名录》濒危等级体系(汪松和谢焱,2004)

1. 绝灭(extinct, EX)

如果没有理由怀疑一分类单元的最后一个个体已经死亡,即认为该分类单元已经绝灭。于适当时间(日、季、年),对已知和可能的栖息地进行彻底调查,如果没有发现任何一个个体,即认为该分类单元属于绝灭。但必须根据该分类单元的生活史和生活形式来选择适当的调查时间。

2. 野外绝灭(extinct in the wild, EW)

如果已知一分类单元只生活在栽培、圈养条件下或者只作为自然化种群(或种群)生活在远离其过去的栖息地时,即认为该分类单元属于野外绝灭。于适当时间(日、季、年),对已知的和可能的栖息地进行彻底调查,如果没有发现任何一个个体,即认为该分类单元属于野外绝灭。但必须根据该分类单元的生活史和生活形式来选择适当的调查时间。

3. 极危(critically endangered, CR)

当一分类单元的野生种群面临即将绝灭的概率非常高,即符合极危标准中的任何一条标准(A~E)时(表1-2),该分类单元即列为极危。

4. 濒危(endangered, EN)

当一分类单元未达到极危标准,但是其野生种群在不久的将来面临绝灭的概率很高,即符合濒危标准中的任何一条标准(A~E)时(表1-2),该分类单元即列为濒危。

5. 易危(vulnerable, VU)

当一分类单元未达到极危或者濒危标准,但是在未来一段时间后,其野生种群面临绝灭的概率较高,即符合易危标准中的任何一条标准(A~E)时(表1-2),该分类单元即列为易危。

6. 近危(near threatened, NT)

当一分类单元未达到极危、濒危或者易危标准,但是在未来一段时间后,接近符合或可能符合受威胁等级,该分类单元即列为近危。

7. 无危(least concern, LC)

当一分类单元被评估未达到极危、濒危、易危或者近危标准,该分类单元即列为无危。广泛分布和种类丰富的分类单元都属于该等级。

8. 数据缺乏(data deficient, DD)

如果没有足够的资料来直接或者间接地根据一分类单元的分布或种群状况来评估其绝灭的危险程度时,即认为该分类单元属于数据缺乏。属于该等级的分类单元也可能已经做过大量研究,有关生物学资料比较丰富,但有关其丰富度和(或)分布的资料却很缺乏。因此,数据缺乏不属于受威胁等级。列在该等级的分类单元需要更多的信息资料,而且通过进一步的研究,可以将其划分到适当的等级中。重要的是能够正确地使用可以使用的所有数据资料。多数情况下,确定一分类单元属于数据缺乏还是受威胁状态时应当十分谨慎。如果推测一分类单元的生活范围相对地受到限制,或者对一分类单元的最后一次记录发生在很长时间以前,那么可以认为该分类单元处于受威胁状态。

9. 未予评估(not evaluated, NE)

如果一分类单元未经应用本标准进行评估,则可将该分类单元列为未予评估。

根据以上等级标准,在中国环境与发展国际合作委员会(CCICED)生物多样性工作组组织的物种评估中,青海湖裸鲤被评定为濒危 EN A2abcd；B1ab(ⅰ,ⅱ,ⅲ,ⅳ,ⅴ)c(ⅰ,ⅱ,ⅲ,ⅳ)(汪松和谢焱,2004)。青海湖裸鲤是我国特有种,且局限分布于青海湖及其支流,具有溯河洄游习性,由于堤坝修建、农业灌溉用水转移、入湖河流的干涸等原因引起的产卵场减少是青海湖裸鲤目前面临的最大威胁,直接导致其补充群体不足。此外,高原生态环境的恶化,特别是气候变化和人类活动引起的湖泊水位下降和盐度上升也威胁着青海湖裸鲤的生存。如果不采取更加有效的保护措施,青海湖裸鲤的濒危状态很可能进一步恶化。

表 1-2 IUCN《红色名录》濒危等级标准对比表（汪松和谢焱，2004）

标准代码	极危（CR）	濒危（EN）	易危（VU）
	当一分类单元面临即将绝灭的概率非常高，即符合以下标准（A～E）的任何一条标准时，该分类单元即列为极危	当一分类单元未达到极危标准，但是其野生种群在不久的将来面临绝灭的概率很高，即符合以下标准（A～E）中任何一条标准时，该分类单元即列为濒危	当一分类单元未达到极危或极危或濒危标准，但是在未来一段时间后，其野生种群面临绝灭的概率较高，即符合以下标准（A～E）中任何一条标准时，该分类单元即列为易危
A. 种群数以如下任何一种形式减少：			
A1	根据（和特别由于）以下任何一方面资料，观察，估计，推断或者猜测，过去10年或者3个世代内（取更长的时间），其减少并可理解而且已经消失，种群数量至少减少90%	根据（和特别由于）以下任何一方面资料，观察，估计，推断或者猜测，过去10年或者3个世代内（取更长的时间），其减少原因明显可逆，可被认识，并已终止，种群数量至少减少70%	根据（和特别由于）以下任何一方面资料，观察，估计，推断或者猜测，过去10年或者3个世代内（取更长的时间），其减少原因明显可逆，可被认识，并已终止，种群数量至少减少50%
	a. 直接观察；b. 适合该分类单元的丰富度指数；c. 占有面积，分布区的缩小和（或）栖息地质量的衰退；d. 实际或者潜在的开发水平；e. 由于引进的外来生物，杂交，疾病，污染，竞争者或者寄生物带来的不利影响		
A2	根据（和特别由于）A1以下a～e任何一方面的资料，显现出，估计，推测或猜测在过去10年或3个世代内（取更长的时间），其减少或减少原因还没有停止或者还可理解或，该分类单元将至少减少80%	根据（和特别由于）A1以下a～e任何方面的资料，观察，估计，推断或者猜测，过去10年或者3个世代的时间（取更长的时间），其减少原因可能还未终止或被认识或可逆，种群数至少减少50%	根据（和特别由于）A1以下a～e任何方面的资料，观察，估计，推断或者猜测，过去10年或者3个世代内（取更长的时间），其减少可能还被认识或可逆，种群数至少减少30%
A3	根据（和特别由于）A1以下b～e任何一方面的资料，设想或猜测在今后10年的时间，其最大值为100年，该分类单元将至少减少80%	根据（和特别由于）A1以下b～e任何方面的资料，推断或者猜测，今后10年或者3个世代（取更长时间，最大值为100年），种群数量至少减少50%	根据（和特别由于）A1以下b～e任何方面的资料，推断或者猜测，今后10年或者3个世代（取更长的时间，最大值为100年），其原因可能还未终止或被认识或可逆，种群数至少减少30%
A4	根据（和特别由于）A1以下a～e任何一方面资料，显现出，估计，推测或猜测在任何10年（包括过去和将来）的时间，最大值为100年，其减少或因素还没有停止，该分类单元将至少减少80%	根据（和特别由于）A1以下a～e任何方面的资料，观察，估计，推断或者猜测，过去和将来任何10年或者3个世代内（取更长的时间，最大值为100年），其减少可能还未终止，种群数量至少减少50%	根据（和特别由于）A1以下a～e任何方面的资料，观察，估计，推断或者猜测，过去和将来任何10年或者3个世代的时间，最大值为100年，其减少可能还未终止，种群数量至少减少30%

续表

标准代码	极危(CR)	濒危(EN)	易危(VU)
B. 符合 B1(分布区)、B2(占有面积)其中之一或同时符合两者的地理范围：			
B1 分布区	估计一分类单元的分布区少于 100km²,并且估计符合以下 a～c 中的任何1个地点。 a. 严重分割或者已知只有1个地点。 b. 观察、推断或者设想以下任何一方面持续衰退： (i)分布区 (ii)占有面积 (iii)栖息地的面积、范围和(或)质量 (iv)地点或亚种群的数目 (v)成熟个体数 c. 以下任何一方面发生极度波动： (i)分布区 (ii)占有面积 (iii)地点或亚种群的数目 (iv)成熟个体数	估计一分类单元的分布区少于 5 000km²,并且估计符合以下条件 a～c 中的任何两条： a. 严重分割或者已知只有 5 个地点。 b. 观察、推断或者设想以下任何一方面持续衰退： (i)分布区 (ii)占有面积 (iii)栖息地的面积、范围和(或)质量 (iv)地点或亚种群的数目 (v)成熟个体数 c. 以下任何一方面发生极度波动： (i)分布区 (ii)占有面积 (iii)地点或亚种群的数目 (iv)成熟个体数	估计一分类单元的分布区少于 20 000km²,并且估计符合以下任何两条： a. 严重分割,推断或者设想以下只有 10 个地点。 b. 观察、推断或者设想以下任何一方面持续衰退： (i)分布区 (ii)占有面积 (iii)栖息地的面积、范围和(或)质量 (iv)地点或亚种群的数目 (v)成熟个体数 c. 以下任何一方面发生极度波动： (i)分布区 (ii)占有面积 (iii)地点或亚种群的数目 (iv)成熟个体数
B2 占有面积	估计一分类单元的占有面积少于 10km²,并且估计符合以下任何两条： a. 严重分割或者已知只有1个地点。 b. 观察、推断或者设想以下任何一方面持续衰退： (i)分布区 (ii)占有面积 (iii)栖息地的面积、范围和(或)质量 (iv)地点或亚种群的数目 (v)成熟个体数 c. 以下任何一方面发生极度波动： (i)分布区 (ii)占有面积 (iii)地点或亚种群的数目 (iv)成熟个体数	估计一分类单元的占有面积少于 500km²,并且估计符合以下条件 a～c 中的任何两条： a. 严重分割或者已知只有 5 个地点。 b. 观察、推断或者设想以下任何一方面持续衰退： (i)分布区 (ii)占有面积 (iii)栖息地的面积、范围和(或)质量 (iv)地点或亚种群的数目 (v)成熟个体数 c. 以下任何一方面发生极度波动： (i)分布区 (ii)占有面积 (iii)地点或亚种群的数目 (iv)成熟个体数	估计一分类单元的占有面积少于 2 000 km²,并估计符合以下条件中的任何两条： a. 严重分割,推断或者设想已知只有 10 个地点。 b. 观察、推断或者设想以下任何一方面持续衰退： (i)分布区 (ii)占有面积 (iii)栖息地的面积、范围和(或)质量 (iv)地点或亚种群的数目 (v)成熟个体数 c. 以下任何一方面发生极度波动： (i)分布区 (ii)占有面积 (iii)地点或亚种群的数目 (iv)成熟个体数

续表

标准代码	极危(CR)	濒危(EN)	易危(VU)
C	估计种群的成熟个体数少于 250，并且符合如下任何一条标准	推断种群的成熟个体数少于 2 500，并且符合如下任何一条标准	推断种群的成熟个体数少于 10 000，并且符合如下任何一条标准
C1	预计今后 3 年或者 1 个世代内(取更长的时间)，成熟个体数将持续至少减少 25%	预计今后 5 年或者 2 个世代内(取更长的时间)，成熟个体数将持续至少减少 20%	预计今后 10 年或者 3 个世代内(取更长的时间)，成熟个体数将持续至少减少 10%
C2	观察、设想或者推断成熟个体数和种群结构以如下 a~b 任何一种形式持续衰退：a.种群结构符合以下任何一条：(ⅰ)估计不存在成熟个体数超过 50 的亚种群；(ⅱ)至少 90%的成熟个体存在于一个亚种群中 b.成熟个体数极度波动	观察、设想或者推断成熟个体数和种群结构以如下 a~b 至少一种形式持续衰退：a.种群结构符合以下任何一条：(ⅰ)推测不存在成熟个体数超过 250 的亚种群；(ⅱ)至少 95%的成熟个体都存在于一个亚种群中 b.成熟个体数极度波动	观察、设想或者推断成熟个体数和种群结构以如下 a~b 种群结构以下任一形式—形式：a.种群结构符合以下：(ⅰ)估计不存在成熟个体超过 1 000 的亚种群；(ⅱ)所有个体都存在于一个亚种群 b.成熟个体数极度波动
D	推断种群的成熟个体数少于 50	推断种群的成熟个体数少于 250	种群非常小，或者受到以下任何一种情况的限制：1.推断种群的成熟个体数少于 1 000。2.种群的占有面积(典型的是小于 20km²)或者地点数目(典型的是少于 5 个)有限，容易受到由于人类活动(或者由于随机事件)的影响力增加的将来，可能在极短时间内成为极危，甚至绝灭
E	定量分析表明今后 10 年或者 3 个世代内，野外绝灭的概率至少达到 50%	定量分析表明今后 20 年或者 5 个世代内(取更长的时间，最大值为 100 年)，野外绝灭的概率至少达到 20%	定量分析表明今后 100 年内，野外绝灭的概率至少达到 10%

第2章 青海湖裸鲤的栖息环境

青海湖地处青藏高原东北部,为我国最大的内陆咸水湖,其独特的自然生态环境和生物多样性,构成了特殊类型的生物圈,具有特殊的生态、科研、经济意义和保护价值,是世界生物多样性保护的重要场所。青海湖1992年被列入国际重要湿地名录,是《拉姆莎湿地保护公约》中著名的湿地保护区;1997年被国务院批准为国家级自然保护区,名列我国八大鸟类自然保护区之首;2006年被建设部列入国家自然遗产名录。近几十年来,由于气候变化和人类活动的综合影响,青海湖流域生态环境恶化,面临着水位下降、土地沙漠化趋势加剧、草场植被破坏日益严重、渔业资源锐减、野生动物和鸟类栖息环境恶化等一系列问题,对整个青海湖地区的自然、社会和经济的可持续发展产生了严重的负面影响。青海湖生态环境的修复是青海湖裸鲤资源恢复和保护的关键。

2.1 地理概况

2.1.1 地理位置

青海湖(N36°32′~37°15′,E99°36′~100°47′),位于青藏高原东北部,青海省境内,是我国境内最大的高原内陆咸水湖泊。北部以大通山、东部以日月山、南部以青海南山、西部以阿尼尼可山为界。青海湖是一个新构造断陷湖,其形成和发育时期主要在早更新世或中更新世(中国科学院兰州地质研究所等,1979)。青海湖成湖初期,属外流淡水湖,出流经东南倒淌河穿野牛山与曲乃河相连,尔后入黄河。晚更新世初,盆地东部地壳强烈上升,堵塞古青海湖出口,演变成为闭流内湖泊,倒淌河随之倒流入湖。

2.1.2 形态参数

青海湖形状似梨形,湖中有沙岛、海心山、鸟岛、海西山和三块石5个岛屿,其东面有四个子湖,由北而南依次是尕海、新尕海、海晏湾和耳海,大部分为咸水湖。1955年7~9月,使用回声测深仪测得青海湖平均水位海拔3197.36m,最大水深32.8m(位于东南湖湾)。1962年测得平均水位海拔为3195.96m,最大水深27m(海心山南侧和北侧、东南湖湾等处)(中国科学院兰州地质研究所等,1979)。遥感数据在分析湖泊面积和岸线的年度变化有明显的优势,可以细致地反映出湖岸变化的程度和趋势,利用遥感数据分析表明,1981 年青海湖湖泊面积 4340.0km²,较20 世纪 60 年代减少 295km²(表 2-1);1986～2004 年,青海湖水面积缩小了约80km²,2005 年又比 2004 年回升了 29.9 km²,在整体明显下降的同时表现出短期的小幅回升现象(图 2-1)。近 30 年来青海湖已开始从单一的高原大湖分裂为一大数小的湖泊群。青海湖湖岸总体变化趋势是陆地相对向湖水方向推进,湖水面积缩小。其中湖的东、西两岸变化较快,湖区北部排列着几个较大的冲积扇,冲积扇上多分布着裸露耕地,水土流失严重,泥沙入湖量大,从而淤积湖岸。造成湖岸变化的原因主要以自然条件为主,辅以人类活动共同影响,其中气候干旱化直接导致了湖泊水位的下降,致使湖岸形态发生明显变化,而土地沙化和草地退化导致植被状况进一步恶化,改变了该地区的小气候特征,加剧了干旱化的影响,而人为耗水也是造成湖泊水位下降的一个不容忽视的因子(李凤霞等,2003)。但气象变化资料显示,青海湖面积自 2005 年以来持续增长,2006 年、2007 年分别比 2005 年增加10km²、59km²,主要原因是近年来青藏高原正在表现出从暖干化向暖湿化转变的趋势。

表 2-1　青海湖的形态测量学参数(仿王苏民和窦鸿身,1998)

形态参数	水位(m)	长(km)	最大宽(km)	平均宽(km)	面积(m²)	最大水深(m)	平均水深(m)	蓄水量(m³)
数值	3193.92	109.0	67.0	39.8	4340.0	27.0	17.9	778.0×10⁸

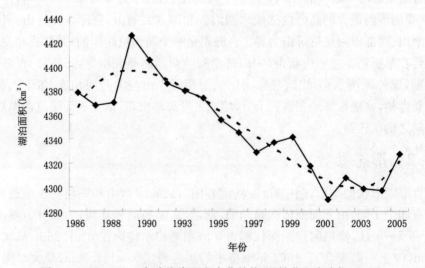

图 2-1　1986～2005 年青海湖面积变化趋势(冯钟葵和李晓辉,2006)

2.1.3　水文特征

青海湖集水面积 29 661.0km²，补给系数 5.83，主要靠地表径流和湖面降水补给，入湖河流 40 余条(图 2-2)，其中主要有布哈河、沙柳河、哈尔盖河、黑马河、泉吉河、甘子河、倒淌河等，其径流量约占入湖总径流量的 95%。倒淌河是青海湖入黄河的通道，由于河道中部野牛山的隆起，水分两叉，浪麻河径直流入黄河，倒淌河逆流回灌，隔断了青海湖和黄河的联系。青海湖裸鲤繁殖洄游的河流主要有布哈河、沙柳河、泉吉河和黑马河(表 2-2)。径流年内分配主要集中在夏秋两季，5~9 月占年径流量的 70%~85%。水位 5 月开始上升，8 月达到最高值，之后呈下降趋势，12 月达到全年最低值。青海湖气候环境日趋干燥，青海湖的蒸发量大，超过收入量，每年趋于收缩状态。1959~2000 年，湖泊水位平均每年下降 0.082m，1959~1986 年湖泊水位平均每年下降 0.107m，而在 1987~2000 年的 13 年间，湖泊水位平均每年下降 0.040m(窦筱艳，2004)。青海湖的水量入不敷出，亏水量在 2/3 以上，根据水文总站 1959~1988 年的资料计算，湖水面年平均蒸发量为 3.724×10⁹ m³，人为活动总耗水量在同期仅为湖水面蒸发量的 1.29%，主导因素是气候变化(周立华等，1992)。

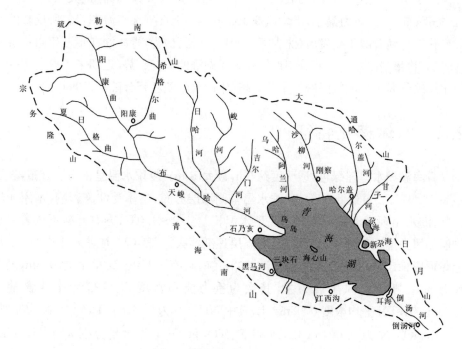

图 2-2　青海湖水系分布示意图

表 2-2　青海湖主要入湖河流参数

河流	集水域面积(km²)	长度(km)	多年平均径流量 (×10⁸m³)	占入湖径流量的比例 (%)
布哈河	14 337	286.0	7.825	46.9
沙柳河	1 442	105.8	2.507	15.0
泉吉河	1 425	109.5	2.42	14.5
黑马河	107	17.2	0.109	0.7
合计	17 311	518.5	12.861	77.1

2.1.4　气候气象

湖区属高寒半干旱气候,年均气温 1.2℃,1 月平均气温−12.6℃,极端最低气温−30℃,7 月平均气温 5℃,极端最高气温 28.0℃。多年平均降水量 336.6mm,5～9 月降水量占全年的 85% 以上。蒸发量 950.0mm,6～9 月蒸发量占全年的 60% 以上。日照时数 3040.0h,日照百分率为 70%～80%。青海湖位于西南、东南季风和西风的交汇带,对气候变化的响应极为敏感。盛行西北风,最大风速 22.0m/s,年均风速 3.1～4.3m/s;9 月至翌年 4 月为大风期,月最大风速 16.0～22.0m/s,5～8 月风力最小,平均风速 16.0m/s。近百年来青海湖岩芯所反映的气候变化趋势朝着暖干化发展(沈吉等,2001)。研究认为,青海湖在 1 万年内不会迅速干涸,将呈现出主湖不断分割而转变为子湖群的演变趋势,近期来青海湖将一直处于反映气候干旱的较强碱性水体环境(中国科学院兰州分院等,1994)。

2.2　水体理化特征

青海湖湖水呈蓝绿色,透明度约 5m,最大 10m。夏季水温呈正温层分布,表层最高 18.9℃,底层最低 16℃;秋季水温呈同温层分布;冬季受冰冻影响,水团强烈冷却,湖水出现逆温层分布,表、底层水温相差 3.0～4.0℃;春季开冻不久表层水增温和风力搅动促进了水团对流,逆温层逐渐消失。每年 11 月进入冰冻期,12 月上旬形成稳定覆冰,至翌年 3 月覆冰开始解冻,封冻期 100～129d,冰厚 0.5m,最大厚 0.7m。湖流以风生流为主,其次为重力流和密度流。DO 年平均含量为 5.63mg/L,TN 平均浓度 0.08mg/L,其中 NH_4^+-N 为 0.04mg/L,NO_3^--N 为 0.036mg/L,NO_2^--N 为 0.004mg/L,PO_4^{3+}-P、SiO_2 和 Fe 平均含量分别为 0.01mg/L、0.35mg/L 和 0.016mg/L(王苏民和窦鸿身等,1998)。杨建新等(2005)的调查显示,湖中重金属离子较少,Cu^{2+}、Zn^{2+}、Cr^{6+} 符合 Ⅰ 类水标准,Cd^{2+} 符合 Ⅱ 类水标准;青海湖有机污染严重,2002～2004年全湖COD达到了Ⅴ类水质标准(GB3838—2002),特别是TN达到了9.243mg/L。

随着青海湖气候向干旱方向发展,湖水总矿化度在增加,化学组分的浓度分配结构发生变化,湖水朝着Ca^{2+}、Mg^{2+}、CO_3^{2-}、HCO_3^-、SO_4^{2-}减少,Na^+、K^+、Cl^-增加的方向演化,水体类型也由氯化物盐类钠组Ⅲ型向氯化物盐类钠组Ⅱ型转变(表2-3)。青海湖湖水水温低、含盐量高,碱度比海水还高,对水生生物的生存存在一定的影响,这也是造成青海湖裸鲤生长缓慢、个体小型化和繁殖力低的重要环境因素。

表2-3 1962～1989年青海湖水体理化指标的变化(于升松,1996;杨建新等,2005)

年份	K^+ (mg/L)	Na^+ (mg/L)	Ca^{2+} (mg/L)	Mg^{2+} (mg/L)	Cl^- (mg/L)	SO_4^{2-} (mg/L)	CO_3^{2-} (mg/L)	HCO_3^- (mg/L)	总矿化度	pH
1962	146.1	3 258.2	9.87	821.8	5 274.7	2 034.3	419.4	525.0	12 489.37	9.1～9.4
1985	157.4	3 980.26	15.42	793.8	5 860.7	2 373.5	519.5	679.7	14 380.24	9.5
1989	142.95	4 038.19	10.50	791.36	5 945.56	2 337.8	524.18	661.74	14 452.9	9.24
2002～ 2004	187～ 219.8	3 575～ 3 713	10.5～ 11.9	1 317～ 1 560	—	—	816～ 1 068	1 032～ 1 365	—	9.0～9.1

2.3 鱼类区系

青海湖鱼类区系由裸鲤属的青海湖裸鲤、甘子河裸鲤(*G. przewalskii ganzihonensis*)和条鳅属(*Nemachilus*)的斯氏条鳅(*N. stoliczkae*)、背斑条鳅(*N. dorsonotatus*)、硬刺条鳅(*D. scleropterus*)和隆头条鳅(*N. alticeps*)组成。其中甘子河裸鲤是在青海湖水系东北隅的甘子河发现的一新亚种;条鳅属鱼类主要分布在湖周河流中,只有硬刺条鳅能大量分布到湖区浅水区域;青海湖裸鲤分布在湖中,繁殖季节洄游到湖周河流中产卵(朱松泉和武云飞,1975)。青海湖的鱼类应该是来自黄河上游中亚山区复合体的某些成员,或者是它们的衍生物。青海湖鱼类区系的起源和青海湖的形成是一致的,即开始形成于第四世纪早期。

青海湖为贫营养性水体,湖区鱼类组成种类单一,青海湖裸鲤经过长期的演化,逐渐成为湖中特有的大型高原原始鱼类,并形成绝对优势种群,其分布数量占湖区生长鱼类资源总量的95%以上(陈民琦等,1990)。生物学特性研究表明,青海湖裸鲤是个体较大,生长缓慢和产卵量小的高原鱼类。由于湖区气候相对较为寒冷和湖水饵料贫乏,青海湖裸鲤的生长速度十分缓慢,体重500g的个体需要生长11～12年(胡安等,1975)。青海湖裸鲤个体性成熟期较晚,一般3～4龄达到性成熟,繁殖力低。

2.4　水生生物

　　《中国湖泊志》(王苏民和窦鸿身,1998)记载,青海湖浮游藻类有 35 属,其中常年出现的 9 属,优势种为圆盘硅藻,年平均数量 58 847ind/L,其中春季 24 566～32 725ind/L,夏季 30 486～119 350ind/L,秋季 42 686～64 353ind/L,冬季 55 733～88 314ind/L。浮游动物 17 属,以原生动物为主,年平均数量 418ind/L,其中,春季274～358ind/L,夏季 490～1254ind/L,秋季 75～270ind/L,冬季 4～344ind/L。底栖动物 19 属,以摇蚊幼虫为主,其密度和生物量占 80% 以上,优势种为回转摇蚊,主要分布在淤泥浅水区及河口地区,平均密度 400ind/L,生物量 0.973g/m^2,西南部多于东北部。水生植物贫乏,偶见一些篦齿眼子菜和大型轮藻,轮藻的生物量4.0～52.0g/m^2。

　　杨建新等(2008)的调查表明,2006 年夏季,青海湖浮游藻类密度 59 330～130 943ind/L,平均 85 038ind/L,生物量为 0.74～1.51mg/L,平均 1.09mg/L。浮游动物密度为 138～376ind/L,平均 243.25ind/L,生物量为 0.65～1.85mg/L,平均 1.13mg/L。底栖动物密度为 96～688ind/L,平均 297.6ind/L,生物量为0.1024～1.2736g/m^2,平均 0.5632g/m^2。

2.5　鸟类

　　青海湖是我国高原内陆地区水禽候鸟栖息、繁衍和越冬的重要区域之一,也是候鸟迁徙的驿站。为加强鸟类资源的保护,1997 年成立了青海湖国家级自然保护区。青海湖鸟岛自然保护区及环湖地区,共计鸟类约 189 种。其中以水禽鸟类为优势,重要种类有棕头鸥、鱼鸥、斑头雁和鸬鹚。青海湖是候鸟南来北往的中驿站,有近 20 种水禽迁徙途经此地,数量达 7 万多只(王云涛,2000)。2006 年 4～9 月,在青海湖共记录到水鸟 72 种,隶属于 7 目 14 科。繁殖水鸟主要是普通鸬鹚、斑头雁、灰雁、棕头鸥、渔鸥、赤嘴潜鸭、赤麻鸭、普通燕鸥、普通秋沙鸭、白骨顶和黑颈鹤等 10 余种。繁殖地主要分布于湖西如鸬鹚岛、蛋岛、布哈河口、泉湾以及湖心的海心山和三块石等地。青海湖地区迁徙水鸟的多样性呈季节性变化,春秋迁徙期水鸟多样性较高,水鸟的种类和数量都较为丰富;进入繁殖期以后,各地点的水鸟多样性趋于下降(张国钢等,2007,2008a,2008b)。

2.6　湖区社会经济发展概况

　　青海湖具有巨大的生态效益,也产生了巨大的经济效益,是湖区周围 8 万农牧民生存和农牧业生产发展的基础。近几十年来,青海湖流域人口呈稳定上升趋势,对资源和环境造成了极大压力。过度放牧对局部植物群落的破坏和干扰十分明显,草地的退化进一步加剧了草畜、水土流失问题。盲目地垦荒导致了风沙活动的加剧及沙漠化土地面积扩大。随着流域经济社会发展及人口的不断增长,流域城镇居民、旅游景点及工矿企业的污水、废气、固体废弃物以及农药、化肥污染加剧,流域环境污染问题日益突出,青海湖作为所有污染物的汇,承受着巨大的环境压力。

第3章 青海湖裸鲤生物学研究

3.1 年龄

2002 年 5 月～2003 年 2 月在青海湖湖区及湖周河流采集标本,从中选取 450 尾不同个体大小的标本获取鳞片、耳石、背鳍条第一枚不分支鳍条、脊椎骨等年龄鉴定材料,分析比较了不同材料的年轮特征,对高原裂腹鱼类的年龄鉴定方法进行了探讨。

3.1.1 年轮特征

1. 鳞片

青海湖裸鲤鱼体裸露,仅具肩鳞和臀鳞,肩鳞不规则且长大后会骨化,不宜作为年龄鉴定的材料。臀鳞的形态与鱼类常见的鳞片有很大差异,薄且不规则,以盾形和长蚌形居多。由于臀鳞的后区,特别是下侧区与前区生长不平衡以及臀鳞的磨损、吸收退化等原因,部分臀鳞退化为菱形、长条形、鞋底形,吸收较为严重的变成了"L"形(图 3-1a)。繁殖个体由于繁殖行为的影响,肛门两侧附近的臀鳞由于磨损呈分叉状(图 3-1b)。

臀鳞前区和下侧区由于皱缩和生长不充分,轮纹模糊不清,后区和上侧区轮纹排列规则且清晰。年轮特征有两种形式:①环片有疏密特征,环纹由疏向密过渡,亮度随之增加,最后密集的环纹形成脊,在透射光下呈一圈黑环,可视脊为年轮(图 3-1c);②环片没有疏密特征,不形成脊,在一定间隔处有一明显的完整轮圈,即为年轮(图 3-1d)。

青海湖裸鲤的臀鳞在靠近鳞焦的部位有一组小的轮纹,其轮距明显小于其他年轮,结合背鳍条和耳石的年龄鉴定结果,认为其为幼轮。大部分臀鳞上除有正常的年轮外,还普遍存在副轮,可以依据副轮无规律性、不完整、不连续及折光较弱等特点将其与年轮区分开。在繁殖期间,有些臀鳞上会形成生殖轮,与正常年轮重合,形成明显的脊。在生殖轮处,环片发生断裂、分歧,辐射沟不连续,骨质层粗糙不平。生殖轮多见于臀鳞后区靠近边缘的轮纹处(图 3-1e)。

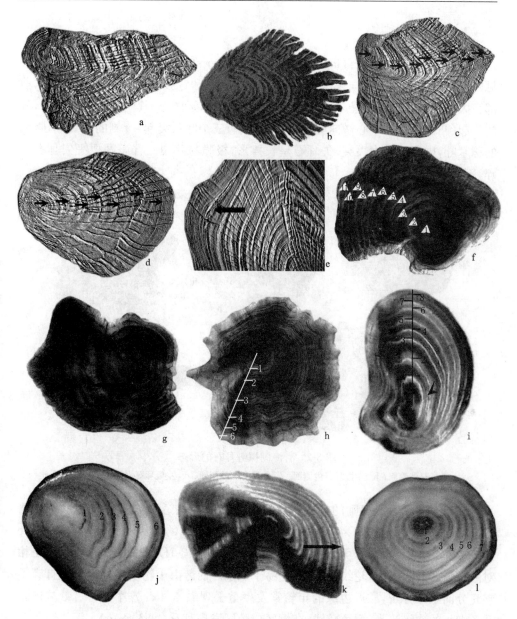

图 3-1　青海湖裸鲤不同年龄鉴定材料的年轮特征

a. 臀鳞吸收退化为"L"形；b. 示臀鳞后区磨损分叉；c. 臀鳞年轮(环片形成脊)；d. 臀鳞年轮(环片不形成脊)；e. 示生殖痕；f. 微耳石磨片年轮；g. 微耳石磨片暗带包含多条次级暗带；h. 星耳石磨片年轮；i. 背鳍条磨片年轮和副轮；j. 背鳍条磨片年轮(入射光下观察)；k. 背鳍条磨片外缘年轮模糊；l. 脊椎骨年轮(入射光下观察)。图中数字表示年轮

2. 耳石

青海湖裸鲤的微耳石(lapillus)、星耳石(asteriscus)和矢耳石(sagitta)的形态见图 3-2,可按鱼体的方向来定义耳石的前后、左右和背腹。微耳石近似马蹄形,前部膨大,内侧较平,外侧隆起;星耳石为中凹的薄片,近圆形,其内侧凹入(凹面),外侧隆起(凸面),耳石中心微向腹部偏移,前端有三个叶状突起,背侧的称翼叶,腹侧的称基叶,中间的称中央突;矢耳石呈长棒形,极脆易碎裂。青海湖裸鲤矢耳石易碎,不适合鉴定年龄。

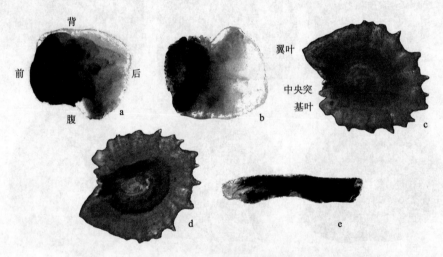

图 3-2　青海湖裸鲤耳石的形态

a. 左微耳石外侧面;b. 左微耳石内侧面;c. 左星耳石外侧面;d. 左星耳石内侧面;e. 左矢耳石

微耳石磨片为不规则的椭圆形,中心区域致密,在透射光下为近圆形的黑暗区,即中心核暗区。其外为年轮排列区,宽的暗带与窄的亮带相间排列,亮带与外接暗带的分界处为年轮,可简单地视亮带为年轮(图 3-1f)。微耳石上的轮纹在相对薄而长的后区明显,轮纹距宽,年轮易于识别。前区由于轮纹排列紧密或打磨不够充分而难以分辨,靠近边缘的年轮常发生重叠现象。耳石磨片上的暗带常包含几条细小的次级暗带,颜色较浅,在侧区或腹区发现其重合(图 3-1g)。

星耳石为凸凹状,难于把握打磨的角度。将星耳石的凸面向上,即能看到环纹围绕耳石中心呈环状排列,在后区环片呈波浪状。经轻微打磨后的星耳石环纹在背侧区明显,在透射光下观察,由中心向外排列着宽的暗带和窄的亮带,暗带颜色为浅黄色,其中有相对较密的黑色环纹排列,一个暗带及其外接的亮带组成一个生长年带,亮带外缘为年轮(图 3-1h)。

将微耳石和星耳石置于 5％HCl 中脱钙,可观察到耳石上黑色的宽带逐渐消失,最后整个耳石缩小成透明柔软的小球。由此可知,耳石上的黑色宽带是生长快、钙质沉积多的时期形成的。

3. 背鳍条

背鳍条基部和中部部位磨片的年轮数目基本一致,但靠近基部部位的磨片轮纹更清晰。背鳍条磨片近似肾形,其中心核在透射光下明亮,在入射光下黑暗,从中心至边缘有由宽带与窄带组成的生长年带,呈不规则的同心环状,与背鳍条边缘轮廓相平行。在透射光下观察,暗带宽于亮带,将窄的亮环视为年轮(图 3-1i),在入射光下则相反(图 3-1j)。

背鳍条上的副轮特征与臀鳞上的副轮基本类似。在透射光下观察,常可见到一条宽的暗带中包含几条均匀排列的暗带,经过与臀鳞和耳石的年龄结果比较,只能当作一轮,这种情况应该列为副轮(图 3-1i)。在低龄个体中,背鳍条磨片轮纹清晰,副轮易于识别;但随着年龄的增加,环带间隔变小,轮纹变得不规则,识别难度加大;在高龄个体中,背鳍条靠近边缘的环带变得窄密或发生重叠,无法判读年轮(图 3-1k)。

4. 脊椎骨

青海湖裸鲤的脊椎骨第 1～4 节椎面较圆,内凹不深,观察方便。在入射光下观察,前后凹面上显示出宽窄交替的同心环纹,浊白色的宽带与暗色的窄带组成一个生长年带,内侧暗色窄纹与外侧浊白宽纹的交界处为年轮(图 3-1l)。将脊椎骨的椎体逐个检视,各节脊椎骨年轮没有差别。

一般来说,在第 1～3 个生长年带中,钙质的沉积不明显,宽带与窄带界线不清晰,年轮模糊,可能是由于青海湖裸鲤头几年生长不是很稳定造成的。这种现象在耳石和鳍条磨片上也存在。脊椎骨椎面中间的轮纹清晰,往外靠近椎面边缘的轮纹逐渐模糊,难以辨认。

3.1.2　鉴定结果的比较

按不同体长和体重大小从标本中选取 75 尾,分别用微耳石磨片和星耳石磨片两种材料独自鉴定年龄,所得结果见表 3-1(以微耳石鉴定的年龄结果为标准)。

从表 3-1 中可以看出,星耳石鉴定的年龄结果比微耳石略微偏大,两者的结果在低龄个体中的吻合率相对较高,4 龄、5 龄的吻合率均为 100％,4～7 龄的吻合率为 94.1％,8～11 龄的吻合率为 82.9％,微耳石与星耳石磨片的年轮读数完全一致的百分比为 88％,但年轮读数的误差并没有随年轮数目的增加而明显增加,误差在±1 轮以内的吻合率为 100%。因此，尽管微耳石和星耳石形态差别较大，但两者对年龄的鉴定结果基本一致。从效果来讲，微耳石磨片轮纹特征比星耳石的直观、清晰，准确性相对较高；从可操作性来讲，前者很厚，打磨比较费劲，而后者较薄，只需轻微打磨即可，操作起来比较方便，适合于大规模的年龄鉴定。

表 3-1　青海湖裸鲤微耳石与星耳石磨片年轮计数的比较

微耳石	年轮计数	4	5	6	7	8	9	10	11
	样本数(*n*=75)	3	6	10	15	23	11	5	2
星耳石	年轮计数	4	5	6	7	8	9	10	11
	样本数(*n*=66)	3	6	9	14	21	8	3	1
	年轮计数			7	8	9	10	9　11	10
	样本数(*n*=9)			1	1	2	2	1　1	1

脊椎骨上显示的年轮结果明显低于其他 3 种材料，其结果与耳石相比普遍低 2~3 龄，随个体年龄的增加，这种偏差会逐渐增大，表明脊椎骨材料对青海湖裸鲤年龄的判别能力较差。臀鳞很薄，并与体表紧密相连，很难完整地取得，特别是对于低龄个体，更难获得，在处理的过程中也很容易破裂或发生卷曲。与众多裂腹鱼类一样，青海湖裸鲤臀鳞上的年轮并不规则，而且差异很大，加上幼轮和副轮的干扰，使臀鳞鉴定年龄的准确性降低。背鳍条和耳石磨片判别年龄的能力明显高于脊椎骨和臀鳞，比较容易判别年龄。背鳍条质地比耳石疏松，打磨起来很快，而且磨面比较好固定，磨片上的轮纹特征更清晰，更易判读。总体而言，4 种材料对青海湖裸鲤年龄的判别能力以背鳍条磨片最高，微耳石磨片次之，臀鳞再次之，脊椎骨最低。

耳石、臀鳞和背鳍条的年龄鉴定结果也存在偏差，从表 3-2 中可以看出，在 4~8 龄个体中，年龄鉴定结果的吻合率较高；随着年龄的增加，吻合率有下降趋势，8 龄以上吻合率明显下降。但在 8 龄以下个体中，3 种材料鉴定结果在±1 轮以内的吻合率均为 100%。在 8 龄以上个体中，微耳石磨片的年轮计数大于臀鳞的年轮计数，臀鳞的年轮计数大于背鳍条磨片的年轮计数，即对 8 龄以上个体而言，臀鳞和背鳍条的年龄判别能力降低，微耳石上反映的年龄结果较为可靠。

表 3-2　青海湖裸鲤臀鳞、耳石磨片和背鳍条磨片年轮读数的吻合率

年龄	吻合率(%)					样本数
	臀鳞与微耳石	臀鳞与背鳍条	微耳石与背鳍条	三者之间	三者之间(±1 轮)	
4	83.3	83.3	75.0	75.0	100	12
5	88.9	100	88.9	88.9	100	18

续表

年龄	吻合率（%）					样本数
	臀鳞与微耳石	臀鳞与背鳍条	微耳石与背鳍条	三者之间	三者之间（±1 轮）	
6	80.0	83.3	90.0	75.0	100	30
7	90.0	90.0	92.5	87.5	100	40
8	83.3	83.3	83.3	66.7	100	18
9	66.7	66.7	75.0	58.3	100	12
10	66.7	66.7	50.0	33.3	83.3	12
11	62.5	75.0	62.5	50.0	75.0	8

3.1.3　耳石鉴定年龄的优点

对于不同鱼类，有适合它的较准确的年龄鉴定材料，因此，在鉴定年龄时，只采用单一的材料，而没有其他的佐证材料和方法，其结果是难以令人信服的。长期以来，许多鱼类生态工作者都把鳞片当作可靠的鱼类年龄鉴定的材料，而后来的研究表明，鳞片只适合用于生长较快的低龄个体的年龄鉴定，在鉴定高龄个体和生长缓慢的鱼类时，其准确度要比耳石、鳍条、鳃盖骨、脊椎骨等差。Frost(1945)在欧洲鳗躯体 9 个不同部位采集鳞片，发现所有鳞片上的年轮数均不尽相同，最后得出结论：不应单纯使用鳞片的年轮作为测定鳗年龄之用，建议采用耳石测定其年龄的方法较为准确可行。由于裂腹鱼类特有的繁殖习性，性成熟个体的臀鳞通常磨损且容易脱落，同时由于其个体生长缓慢，在高龄个体中可能还存在重吸收现象，因此，臀鳞在鉴定裂腹鱼类的年龄时，尤其是高龄鱼时准确性较差。

对鱼类年龄和生长的解释，是建立在假设鳞片等骨质材料的周期性特征不变的频率形成的基础之上，然而鳞片等骨质材料的生长与机体的生长速度并不总是一致的，对于高龄个体来说，虽然其体长和体重继续增加，但鳞片的生长已基本停止，其他骨质材料的生长也大为减缓。而有研究表明，耳石的生长是以与机体生长相对独立的方式增长的(Sector and Dean,1989;Reznick et al.,1989)。因此，耳石在生长速度慢的个体或高龄个体中，比其他骨质材料的生长要快，从而能更真实地记录周期性季节生长和年龄(Reznick et al.,1989)。陈毅峰(2000)在研究纳木错裸鲤，杨军山等(2002)在研究错鄂裸鲤的年龄时也认为以耳石计数年龄是可靠的，臀鳞和背鳍条只能作为辅助材料。

赵利华等(1975)在用鳞片鉴定青海湖裸鲤年龄时发现，部分鳞片鉴定不出年龄，利用率很低，仅占 50%～70%，其中 20% 年轮反映很清晰，30%～50% 的一般尚可使用。张武学等(1992)采用扫描电镜研究青海湖裸鲤的鳞片表面，认为青海湖裸鲤的鳞片虽然是年龄鉴定的较好材料，但与其他鱼相比，青海湖裸鲤的鳞纹不甚清晰，宽窄不一，排列也不规则，而且有的中途消失，有的两条或几条汇合成一条，有的在一定部位分叉，从而形成副轮，增加了确定年龄的难度。臀鳞很薄，并与体表紧密相连,很难完整地取得,特别是对于低龄个体,更难获得,在处理的过程中也很容易破裂或发生卷曲。本研究结果表明,在鉴定青海湖裸鲤的年龄时,对于8龄以下个体,臀鳞、背鳍条和耳石都是可行的,但背鳍条效果较好;对8龄以上的个体,用臀鳞和背鳍条的鉴定会低估年龄,用耳石较为可靠。

耳石位于鱼体内部,受外界环境因子的干扰小,不会像鳞片那样直接与外界环境接触,形成的轮纹趋于复杂难辨。研究认为,鳍条在高龄鱼中会出现负增长,造成对高龄鱼年龄鉴定的不准确,而耳石的生长比较充分,鱼类从幼年到老年的年龄都非常明显地呈现在耳石的年轮上(杨军山等,2002)。由于耳石具有不易被重新吸收和持续生长的特点,被认为是比其他钙化组织更可靠、更准确的材料,甚至可以用来作为比较其他钙化组织年龄鉴定准确性的基准(Weatherley and Gill,1987;Niewinski and Ferreri,1999)。通过利用体外标记和氧化四环素荧光标记方法进行研究,结果表明:利用耳石鉴定年龄要比利用鳞片鉴定年龄更为准确,特别是对于生长缓慢,寿命较长的种类(Beamish and McFarlane,1983;Beamish and McFarlane,1987)。因而,耳石在年龄鉴定中的应用越来越多(沈建忠等,2001),特别是在鱼类早期阶段的日轮鉴定方面的应用日趋广泛(宋昭彬和曹文宣,2001)。

在鱼类的3对耳石中,一般采用较大的一对矢耳石来鉴定年龄(王玉璋,1995;Bagenal,1974)。但它们在年龄鉴定时也存在一定的差别,有些不适合作为年龄鉴定材料。Victor和Brothers(1982)认为,可能所有鲤科鱼类的矢耳石都不适合于鉴定年龄。本研究表明,青海湖裸鲤也不例外。

耳石的形态会随种而异,在硬骨鱼类更为显著(孟庆闻等,1989;黄玉霖等,1994),青海湖裸鲤由于生长缓慢,与鲤、鲫等许多常见淡水鱼类相比,其耳石显得较大,微耳石和星耳石都比较容易取得,而且轮纹特征比较清晰,可作为年龄鉴定的材料。可见,对于像青海湖裸鲤这种生长较慢的高原裂腹鱼类,利用耳石鉴定年龄具有一定的优越性。

3.1.4　年轮形成时间

青海湖属高寒半干旱草原气候,每年11月至翌年3月平均气温在0℃以下,湖面冰封,这段时间青海湖裸鲤的生理代谢很低,3月水温开始转正,冰冻开始融化,其摄食强度增大,活动代谢旺盛。与之相适应,青海湖裸鲤臀鳞边缘新轮尚未出现的时间主要在10月到第二年的4月,年轮正在形成的时间主要在4~6月,年轮完全形成的时间主要在6~9月(赵利华等,1975)。2002年5~10月采集的部分样品的背鳍条边缘生长情况详细分析表明,背鳍条磨片边缘在5月均未出现亮带,而在6月出现亮带样品的比例占44.4%,7~8月所占比例逐渐增大,9月开始下降。暗带向透光带过渡样品所占比例从5~8月逐渐下降,到9月没有发现磨片边缘处于过渡带的样品,表明此时年轮已全部形成。从5~10月采样的结果可以看出,5~8

月年轮正在形成,其中 5～6 月为年轮的主要形成时期。在耳石与臀鳞上反映的年轮形成情况与背鳍条基本一致,2002 年 5～8 月臀鳞外缘全是疏带以及耳石外缘全是亮带的比例都呈逐渐增加的趋势。

青海湖裸鲤臀鳞上轮纹特征很独特,与其他鲤科鱼类有明显的不同,排列稀疏的环纹并不多,且有些模糊,而在年轮处的环纹却比较明显,这可能是由于其生长季节短所造成的。在一年中大部分时间里,青海湖裸鲤的生长基本上处于停滞状态,从而使环片黏集在一起,形成明显的"脊"。造成青海湖裸鲤臀鳞上这种独特轮纹特征的原因,还可能与青海湖中的饵料生物贫乏有关。同理,在耳石、背鳍条和脊椎骨等各种骨片上,经过一年的增生就形成宽层和窄层,当年的窄层和翌年的宽层之间的分界线,即为年轮。在青海湖裸鲤的耳石、背鳍条和脊椎骨上,窄层表现为细线状,可直接视其为年轮,在确定年龄时,可直接计数窄层的数目。

3.2 生长

2002 年 5～8 月在青海湖湖周各河流采样,2002 年 9 月～2003 年 2 月补充丰满度材料。野外采样方法同前,年龄的统计以微耳石的年龄鉴定结果为准,年轮计数和测量前,先确定鳞焦及背鳍条、耳石磨片的中心。臀鳞的轮径与年轮计数以沿鳞焦到后区最长处的连线为准,背鳍条磨片和耳石磨片的轮径与年轮计数以半径最大处为准(图 3-3)。在年龄的计数时,n^+ 的年龄记为 $n+1$ 龄。

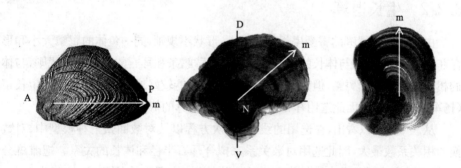

图 3-3 青海湖裸鲤臀鳞、耳石磨片和背鳍条磨片测量示意图
m. 测量方向;A. 前区;P. 后区;D. 背侧;V. 腹侧;N. 耳石中心核

耳石半径—体长关系采用 Frase-Lee 回归方法(Busacker et al.,1990),体长退算采用修正后的 Frase-Lee 方程(Johnson and Noltie,1997):

$$\ln L_i = a + (\ln L_c - a)(\ln O_i / \ln O_c) \tag{3-1}$$

式中,L_c 为鱼体体长,O_c 为耳石半径,L_i 为年龄 i 时的体长,O_i 为年龄 i 时的耳石

半径。

体长和体重的关系用幂函数 $W=aL^b$ 来描述；相对生长率为 $g=(L_2-L_1)/L_1(t_2-t_1)$、生长指标为 $C_{vl}=[\ln(L_{t2})-\ln(L_{t1})]\times L_1/(t_2-t_1)$；用非线性回归拟合 Von Bertalanffy 的生长曲线，体长生长方程为 $L_t=L_\infty(1-\mathrm{e}^{-K(t-t_0)})$，体重生长方程为 $W_t=W_\infty(1-\mathrm{e}^{-K(t-t_0)})^b$，参数 L_∞、K 和 t_0 的值通过 Ford 方程和 Beverton 法获得。数据的分析与处理采用 Excel 2000 和 Statistica 6.0 软件。

3.2.1　鳞径、耳石半径、背鳍条半径与体长的关系

采用多项式方程和直线方程对青海湖裸鲤的鳞径、耳石半径、背鳍条半径与体长的关系（雌雄混合）进行拟合（表 3-3），结果表明，上述三者与体长的相关程度依次为：耳石半径＞背鳍条半径＞鳞径。

表 3-3　鳞径、耳石半径和背鳍条半径与体长关系的回归方程参数及统计量(r)

半径	线性回归			算术关系				对数关系		
	系数		统计量 r	系数			统计量 r	系数		统计量 r
	a	$b(x)$		a	$b(x)$	$c(x^2)$		a	$b(lnx)$	
臀鳞	191.1638	6.2510	0.6347	182.5400	9.0488	0.1983	0.6382	5.1509	0.1574	0.6364
耳石	93.3000	78.2220	0.8217	30.2582	78.2224	7.9399	0.8217	5.0657	0.6552	0.8266
背鳍条	111.5100	116.9500	0.7296	78.2041	183.2210	−32.0620	0.7307	5.4283	0.5134	0.7201

3.2.2　生长退算

由于青海湖裸鲤的臀鳞生长变异较大，形状不规则，同一鱼体的臀鳞大小和形状存在差别，因而鳞径与体长的相关程度较差。背鳍条和耳石的形状比较规则，与体长的相关程度要高于臀鳞，但背鳍条存在负增长，不能较好地反映高龄个体的生长情况（杨军山等，2002），因此选用耳石半径作为生长退算的依据。

从表 3-3 可以看出，在选用的线性、二次方程以及对数回归三种模型中，对数变换的相关系数最大，因此选用对数关系来拟合耳石半径和体长的关系。把雌雄分开后，将对数变换后的各参数值代入式（1），得出青海湖裸鲤的退算体长方程为

$$♀：\ln L_i=5.0718+(\ln L_c-5.0718)(\ln O_i/\ln O_c)\quad(r=0.8398)\qquad(3\text{-}2)$$

$$♂：\ln L_i=5.1004+(\ln L_c-5.1004)(\ln O_i/\ln O_c)\quad(r=0.7175)\qquad(3\text{-}3)$$

根据耳石与体长的关系式（2）和式（3），退算出青海湖裸鲤各龄的体长（表 3-4）。χ^2 检验表明，体长的退算值和实测值之间无显著性差异（♀：$\chi^2=2.2308$，$df=6$，$P<0.8973$；♂：$\chi^2=0.6861$，$df=5$，$P<0.9837$）。由于实测年龄是按虚数年龄计数的，退算值略大于实测值。

表 3-4 青海湖裸鲤各龄退算体长和平均实测体长

实测值 年龄	平均值	样本数	\{退算体长} 1	2	3	4	5	6	7	8	9
10	268.4	5	50.5	80.4	112.5	144.4	175.4	196.2	225.2	245.0	269.2
9	261.0	1	48.5	79.0	109.6	143.8	177.3	196.4	224.1	245.4	269.2
8	242.1	7	47.6	81.5	110.5	139.1	176.5	195.0	227.1	243.2	—
7	220.0	53	51.5	80.4	113.3	141.2	169.1	198.3	225.7	—	—
6	192.1	140	51.2	82.1	116.4	145.5	174.3	195.9	—	—	—
5	169.6	66	50.7	80.2	110.9	143.2	176.1	—	—	—	—
4	143.6	26	48.5	79.5	112.8	146.5	—	—	—	—	—

年龄	样本数	实测值 平均值	退算体长 1 (♂)	2	3	4	5	6	7	8	9	10
4	2	132.5	50.0	82.5	105.3	—	—	—	—	—	—	—
5	2	178.0	50.6	86.2	113.5	146.1	—	—	—	—	—	—
6	66	201.1	51.0	80.4	116.0	149.4	180.6	—	—	—	—	—
7	100	223.6	55.0	85.3	108.6	145.2	185.5	205.3	—	—	—	—
8	70	244.8	49.8	80.1	110.8	146.5	180.5	201.4	228.4	—	—	—
9	14	263.3	50.0	84.2	115.5	145.4	178.5	204.1	230.7	250.9	—	—
10	5	279.6	53.6	85.7	113.4	145.8	184.4	201.2	231.2	252.6	269.7	—
11	1	300.0	55.1	83.8	114.0	149.5	186.4	200.5	229.0	252.4	272.8	288.2
加权平均体长 (♀)			52.2	82.6	111.6	146.7	182.5	203.6	228.9	251.4	270.2	288.2
样本数			1	2	3	4	5	6	7	8	9	10

加权平均体长: 82.6 | 111.6 | 146.7 | 182.5 | 203.6 | 228.9 | 251.4 | 270.2 | 288.2

3.2.3 生长参数与生长方程

根据体长和体重的实测数据,用幂函数模型模拟出青海湖裸鲤繁殖群体的体长—体重关系(LWR)为

$$♀:W=0.000\ 174×L^{2.4990}\ (r=0.9061) \tag{3-4}$$

$$♂:W=0.000\ 040\ 2×L^{2.7538}\ (r=0.9457) \tag{3-5}$$

上述两性个体方程差异显著,但若将雌雄混合统计,LWR 为

$$W=0.000\ 038\ 2×L^{2.7714}\ (r=0.9484) \tag{3-6}$$

$b=2.7714$,表明青海湖裸鲤的生长接近等速生长(图 3-4),可用 von Bertalanffy 生长方程(VBGF)来描述其生长特性。

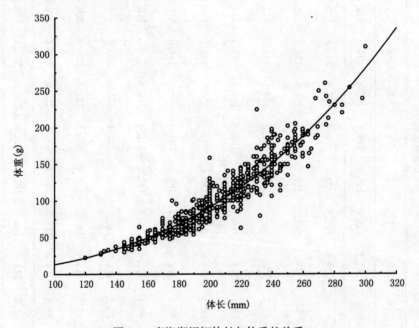

图 3-4 青海湖裸鲤体长与体重的关系

根据平均退算体长、式(3-4)和式(3-5),计算出各龄的退算体重;结合退算体长和生长指数的经验公式,求得体长的相对增长率和生长指标(表 3-5),从表 3-5 可以看出,青海湖裸鲤体长的相对增长率随着年龄的增加而降低,但从各龄生长指标来看,其生长没有明显的阶段性。

表 3-5　青海湖裸鲤的生长指标

年龄	♀						♂					
	实测体长 (mm)	退算体长 (mm)	相对增长率	生长指标	实测体重 (g)	退算体重 (g)	实测体长 (mm)	退算体长 (mm)	相对增长率	生长指标	实测体重 (g)	退算体重 (g)
1	—	52.2	—	—	—	3.41	—	50.5	—	—	—	1.97
2	—	82.6	0.5824	23.49	—	10.74	—	80.4	0.5921	23.74	—	7.10
3	—	111.6	0.3511	24.78	—	22.78	—	112.5	0.2853	26.53	—	17.89
4	132.5	146.7	0.3145	31.25	31.5	45.13	143.6	144.4	0.2836	28.13	36.3	35.59
5	178.0	182.5	0.2440	32.27	87.0	77.88	169.6	175.4	0.2147	28.88	56.5	60.80
6	201.1	203.6	0.1156	20.08	99.1	102.37	192.1	196.2	0.1186	19.29	78.6	82.78
7	223.6	228.9	0.1243	22.40	129.1	137.18	220.0	225.2	0.1478	27.47	111.9	121.00
8	244.8	251.4	0.0983	22.89	165.7	173.40	242.1	245.0	0.0879	18.02	157.9	152.60
9	263.3	270.2	0.0748	17.60	196.8	207.64	261.0	269.2	0.0988	24.50	190.0	197.80
10	279.6	288.2	0.0666	16.21	228.0	243.95	268.4	—	—	—	—	—

根据 Ford 方程求得渐进体长 $L_\infty=551.9301\text{mm}(♀)$、$L_\infty=682.8688\text{mm}(♂)$，生长系数 $K=0.0711(♀)$、$K=0.0530(♂)$；根据 Beverton 法从 $\ln(L_\infty-Lt)=\ln L_\infty+Kt_0-Kt$ 求得理论体长或体重等于零时的年龄 $t_0=-0.3044(♀)$、$t_0=-0.4240(♂)$。

青海湖裸鲤体长、体重的 VBGF 分别为

$$♀: L_t=551.9301(1-e^{-0.0711(t+0.3044)}) \tag{3-7}$$

$$W_t=1237.3431(1-e^{-0.0711(t+0.3044)})^{2.4990} \tag{3-8}$$

$$♂: L_t=682.8688(1-e^{-0.0530(t+0.4240)}) \tag{3-9}$$

$$W_t=2567.3242(1-e^{-0.0530(t+0.4240)})^{2.7538} \tag{3-10}$$

上述雌雄体长、体重生长方程存在显著差异，其生长曲线见图 3-5。体长生长曲线不具拐点，开始上升很快，随年龄的增加逐渐趋向渐近值；体重生长曲线为不对称的 S 形曲线。从图 3-5 可以看出，大约在 9 龄以前，雌雄体长、体重生长速度相近，9 龄以后，雄性体长、体重的生长速度快于雌性。

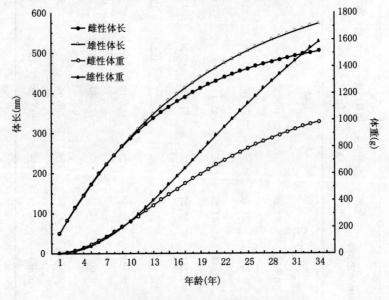

图 3-5 青海湖裸鲤的体长和体重生长曲线

3.2.4 生长速度、加速度和生长拐点

对青海湖裸鲤的体长、体重生长方程求一阶和二阶导数，得到体长、体重的生长速度（一次微分）和加速度（二次微分）方程：

$$♀: dL/dt=L_\infty K e^{-K(t-t_0)}=39.2533e^{-0.0711(t+0.3044)} \tag{3-11}$$

$$d^2L/dt^2=-L_\infty K^2 e^{-K(t-t_0)}=-2.7917e^{-0.0711(t+0.3044)} \tag{3-12}$$

$$dW/dt = bW_\infty Ke^{-K(t-t_0)}[1-e^{-K(t-t_0)}]^{-1} = 219.9107e^{-0.0711(t+0.3044)} \cdot$$
$$[1-e^{-0.0711(t+0.3044)}]^{1.4990} \tag{3-13}$$

$$d^2W/dt^2 = bW_\infty K^2 e^{-K(t-t_0)}[1-e^{-K(t-t_0)}]^{b-2}[be^{-K(t-t_0)}-1] =$$
$$15.6401e^{-0.0711(t+0.3044)}[1-e^{-0.0711(t+0.3044)}]^{0.4990}[2.4990\,e^{-0.0711(t+0.3044)}-1] \tag{3-14}$$

$$\male: dL/dt = L_\infty Ke^{-K(t-t_0)} = 36.2194e^{-0.0530(t+0.4240)} \tag{3-15}$$

$$d^2L/dt^2 = -L_\infty K^2 e^{-K(t-t_0)} = -1.9211e^{-0.0530(t+0.4240)} \tag{3-16}$$

$$dW/dt = 374.9901e^{-0.0530(t+0.4240)}[1-e^{-0.05304(t+0.4240)}]^{1.75382} \tag{3-17}$$

$$d^2W/dt^2 = 19.8895e^{-0.0530(t+0.4240)}[1-e^{-0.0530(t+0.4240)}]^{0.7538} \cdot$$
$$[2.7538\,e^{-0.0530(t+0.4240)}-1] \tag{3-18}$$

图 3-6、图 3-7 分别是青海湖裸鲤雌性个体的体长、体重生长曲线。随着年龄的增大，体长生长速度逐渐下降，为正值；体长加速度生长曲线逐渐上升，但为负值，表明随着体长生长速度下降，其递减速度逐渐变缓。体重生长速度和加速度曲线均具有明显的拐点（inflexion），前者的拐点位于 11～15 龄之间，后者具有 2 个拐点，第一个位于 1～3 龄之间，第二个拐点位于 21～25 龄之间。

在生长拐点处，$d^2W/dt^2=0$，即

$$be^{-K(t_i-t_0)}-1=0, t_i=\ln b/K + t_0 \tag{3-19}$$

将雌雄 VBGF 体重生长方程中的 b、K 和 t_0 分别代入式（19），得出青海湖裸鲤雌雄生长的拐点年龄分别为 12.57 龄（$\female$）和 18.67 龄（$\male$）。

体重生长在拐点年龄以前，生长速度逐渐上升，加速度先上升后下降，二者均为正值；在拐点后，生长速度逐渐下降，为正值，说明其体重的增长减缓，加速度先下降后缓慢上升，为负值。

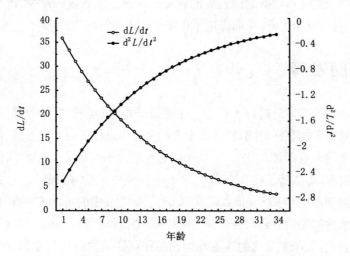

图 3-6　青海湖裸鲤雌性个体体长生长速度和加速度曲线

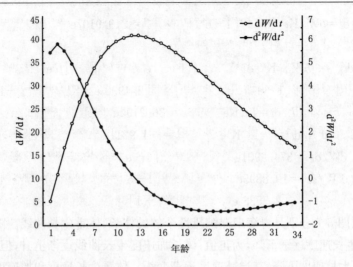

图 3-7　青海湖裸鲤雌性个体体重生长速度和加速度曲线

3.2.5　生长性能

生长缓慢是高原鱼类普遍存在的一种现象,同样是体重 500g 的个体,长江中下游的经济鱼类草鱼和青鱼等生长只需 1~2 年,而青海湖裸鲤需要 11~12 年(曹文宣和邓中粦,1962)。此外,青海湖裸鲤的生长还包括了河流和湖泊两个不同的阶段,通常是性成熟前在湖泊中摄食生长,而性成熟后才迁移到河流发育产卵,因此青海湖裸鲤生长的另一个特点是从湖泊到河流的间段性。与 20 世纪 60 年代青海湖裸鲤的退算体长相比,现在青海湖裸鲤的体长生长加快,约高一个龄级,尤其是低龄鱼表现明显。可能是由于过度捕捞等原因造成的青海湖裸鲤群体数量的减少,饵料资源则相对显得充足,种内竞争下降,从而促进了鱼体生长速度的加快。

3.3　胚胎发育

龚生兴和胡安(1975)进行了青海湖裸鲤精子寿命和胚胎发育的观察,测试了其精子在不同状态下的存活时间,对胚胎发育的全过程进行了观察和描述,绘制了青海湖裸鲤胚胎不同发育时期的图谱。青海湖裸鲤死亡 19h 后鱼体体内的精子还具有 53.4％的受精率;离体精子在 0.65％的 Ringer 氏液中平均寿命最长,为 20 min 50s,其次是在青海湖水中,为 18 min 20s,在 0.65％NaCl 液中的平均寿命为 16 min 30s,而在布哈河水中的平均寿命与在蒸馏水中相差无几,都不到 2 min。对青海湖裸鲤胚胎发育研究表明,受精卵发育的速度和孵化后仔鱼质量的好坏与水温、光照、精子和卵子的质量等条件密切相关,在水温 13.5~18.0℃、pH8.0 时,约 138 h 有仔鱼孵出。

　　史建全等(2000b)进一步对青海湖裸鲤人工繁殖及鱼苗培育技术进行研究,筛选出有效的催产剂 HCG、LRH-A2、DOM 等,水温 16～20℃时,催情效应时间一般为24～36h。水温 17～18℃时,受精到出膜时间为 120～132h,孵化率为 85%,畸形率为2%;18～19℃时,受精到出膜时间为 105～115h,孵化率为 80%,畸形率为 2.5%;19～20℃时,受精到出膜时间 90～100h,孵化率为 65%,畸形率 6.9%。认为孵化水温保持在 17～19℃是适宜的,成活率高,畸形率低,孵化时间约 5d。苗种培育中,同其他养殖鱼类一样,青海湖裸鲤鱼苗培育以施肥培育轮虫开口饵料为主,结合豆浆投喂,夏花鱼种可用人工饲料培育。青海湖裸鲤卵为圆球形,淡黄或黄色,卵膜透明,沉性,具微黏性。成熟卵径为 119～213mm,受精卵遇水后 20min 吸水膨胀到最终大小,卵径为 319～411mm。在水温 18～21℃,其胚胎发育过程如下。

　　(1)卵裂及囊胚期。卵子受精后 3h 40min,卵原生质向动物极流动,集中形成隆起的胚盘,接着进行连续分裂,到 11h 胚盘隆起进入高囊胚期,15h 10min 胚盘细胞越分越小,胚盘变矮覆盖在卵黄表面呈盘状,至 18h 胚胎进入低囊胚期。

　　(2)原肠胚期。卵子受精后 28h 胚盘细胞不断向植物极扩展,待下包卵黄近 1/2时,细胞增厚形成胚环,原肠胚开始。在背唇处的细胞由于内卷、集中和伸展等作用逐渐形成胚盾,此时,胚胎发育接近原肠胚中期。33h 胚盘下包到卵黄的 2/3,胚盾伸长,前部粗大,将来形成头区,此时发育至原肠胚晚期。

　　(3)神经胚期。受精后 35h,胚盘下包,原口即将闭合,卵黄栓时隐时现,胚盾背部的神经外胚层增厚形成神经板,并在中线处逐渐下陷形成神经沟。

　　(4)器官形成期。受精后 46h 胚体出现 11 对肌节及视泡,接着脑区出现 3 个区原基:前脑、中脑、后脑,在后脑后部出现一对椭圆形听泡,尾芽形成,在前脑下方及咽部腹面形成心包腔,心脏呈管状,尚未开始搏动。肌节增至 18～20 对,胚体开始出现节律性扭动。在 86h,心脏开始微微搏动,每分钟约 50 次,听囊内出现两个耳石,肌节增到 39 对,视泡出现视杯。脑区分化。心搏动每分钟增到 66 次,嗅板出现,胚体伸直,肛前鳍出现。122h,肌节 45 对,在端脑和中脑的顶部出一个小球形的突出物——松果体。胚体出现血液循环。心脏有节律地搏动,每分钟 85 次。

　　(5)孵化期。受精后 132h 胚体开始孵化出膜。先是胚体尾部在膜内剧烈扭动,不久以尾部穿破卵膜,胚体即脱膜而出。刚孵出的仔鱼没有上浮和游动能力,侧卧槽底,游动时宛如蛇状。此时应勤清洗滤水纱窗防止卵膜阻塞,造成溢水逃苗。

3.4　食性

　　1964～1967 年,王基琳等连续调查分析青海湖的浮游植物、浮游动物和底栖生物的种类及数量变动,发现青海湖的浮游植物、浮游动物和底栖生物等不论在种类组成还是在数量上都比较贫乏,所以青海湖裸鲤只有通过拓宽食性和提高摄食强度来适应这种饵料环境。王基琳(1975)分析了不同季节和生长阶段青海湖裸鲤的食性组成,认为青海湖裸鲤是一种广谱杂食性鱼类,在进行洄游产卵时摄食量大为下降,甚至有较短时间停止摄食。在其生长发育过程中存在食性转变,可以分为三个不同阶段,幼鱼阶段对饵料有较为明显的选择性,而成鱼基本没有这种表现,第一阶段主要摄食小型浮游动物,第二阶段以大型浮游动物为主,成体阶段几乎水体中所有的生物性食物都出现在该鱼的消化道中,这与青海湖饵料生物贫乏相适应。祁洪芳等(2000)对青海湖裸鲤的开口饵料配方进行了研究,发现用添加动物性蛋白的饵料喂养,青海湖裸鲤鱼苗具有较高的存活率和生长速度。这些研究为通过引种增加饵料生物,提高青海湖自然水体生产能力提供了理论依据,同时为人工饲养青海湖裸鲤奠定了基础。

3.5　繁殖

3.5.1　繁殖群体结构

青海湖裸鲤虽然能够在青海湖这样的半咸水中生活,但必须洄游到淡水河流中才能繁殖,并选择沙砾底质的流水河段为产卵场。2002年5~7月,在各河流中统计的繁殖群体的性比($\male$：$\female$)分别为:沙柳河0.69：1,布哈河2.50：1,黑马河1.63：1,3个繁殖群体总的性比为1.66：1。在青海湖渔场附近的渔获物中,性比为0.30：1。

2002年5~7月,在青海湖各河流共采集青海湖裸鲤样本878尾,体长和体重组成见图3-8、图3-9,最小体长为100.0mm,最大体长为300.0mm,平均体长为(202.9±32.0)mm(平均值±SD,$n=878$);最小体重为23.0g,最大体重为310.0g,平均体重为(100.6±46.0)g($n=878$)。体长主要集中在160.0~260.0mm,这些个体占所有渔获物的91.8%,相对应的体重范围为44.0~194.0g。2002年8月~2003年8月在青海湖中捕获612尾青海湖裸鲤样本,最大体长为298.0mm,最小体长为190.0mm,平均体长为(221.6±24.7)mm($n=$612),最大体重355.0g,最小体重78.0g,平均体重为(186.3±39.5)g($n=$612)。体长主要集中在210.0~280.0mm,这些个体占所有渔获物的93.4%,相对应的体重范围为132.0~284.0g。

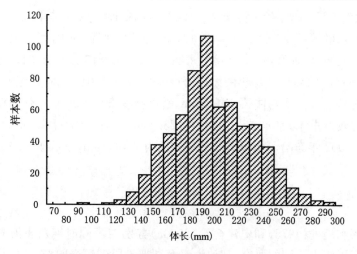

图 3-8　青海湖裸鲤繁殖群体体长组成

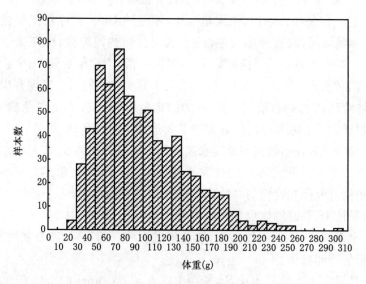

图 3-9　青海湖裸鲤繁殖群体体重组成

所有渔获物年龄组成为 4～11 龄,其中 4～8 龄个体占渔获物的 95.3%。雌性个体年龄集中在 6～10 龄,占整个雌性个体的 98.1%,而雄性个体年龄主要为 4～8 龄,占整个雄性个体的 98.0%。雌性个体体长范围为 120.0～300.0mm,平均体长(224.5±25.4)mm(n＝801);体重范围为 23.0～355.0g,平均体重(143.6±41.1)g(n＝801)。雄性个体体长范围为 100.0～298.0mm,平均体长(187.7±27.0)mm(n＝689);体重范围为 27.0～260.0g,平均体重(79.4±33.3)g(n＝689)。可以看出,渔获物中雌性个体明显大于雄性个体。总繁殖群体中,雄性个体最小体长

130.0mm,体重28.0g,年龄4龄;雌性个体最小体长170.0mm,体重51.0g,年龄5龄。

青海湖裸鲤繁殖时进行溯河洄游的3条河流沙柳河、布哈河和黑马河分别位于青海湖的北面、西面和南面。t检验表明,3个繁殖群体的平均体长、平均体重有显著差异($P<0.01$),而平均年龄无显著性差异($P>0.01$)。20世纪60年代布哈河桥头地区繁殖群体平均体长344.5mm,平均体重531.9g,70年代青海湖裸鲤资源衰竭已比较严重了,平均体长下降到223.6mm,平均体重下降到140.8g(胡安等,1975);2002年布哈河繁殖群体平均体长为200.3mm,略低于70年代水平,但体重下降幅度大,为94.7g。

3.5.2 繁殖习性

龚生兴和胡安(1975)和史建全等(2000a)分别在不同时期对青海湖裸鲤繁殖生物学进行了较为详细的研究,都认为青海湖裸鲤属溯河产卵型,繁殖期4~7月,从5月中下旬陆续开始溯河,5月20日左右首批群体产卵,数量较少,产卵盛期在6月中旬左右。但每年依水温、来水量变化,相差约10d。产卵场主要分布在布哈河、沙柳河和黑马河,以沙砾底为主,处于水流缓慢的河滩段,pH7.2~8.2,水温6.2~17℃。参加产卵活动的裸鲤最小年龄3~4龄,主要年龄段5~7龄。

2002年的监测结果显示,5月底,布哈河水量少,清澈见底,发现有少量的青海湖裸鲤群体游动;6月初布哈河流量开始增加,6月10日左右上溯鱼群增多,在布哈河大桥附近的浅水滩和小河湾处发现了大量的产卵亲鱼;6月中旬至7月中旬,为生殖洄游高峰期,在布哈河河道浅水区积聚了黑黑一片鱼群,相互戏水、追逐,规模甚为壮观;7月底大批产卵后的鱼群开始归湖;8月中旬生殖洄游基本结束。黑马河的繁殖洄游时间和规模与布哈河基本相似。在沙柳河,由于沙柳河拱坝的建立,河道水量较少,洄游群体也较布哈河和黑马河小,洄游时间基本一致。在沙柳河拱坝下,水深0.2~0.3m,微流水,能清晰见到河底的石砾、卵石和细沙,在此处聚集了大量的产卵群体。

在10月湖区采集的样本中,体长在190.0~300.0mm的个体有85.7%的卵巢和精巢发育已进入Ⅳ期;在11月的样本中,性腺基本上都已处于Ⅳ期中、末。由此推断,青海湖裸鲤主要以Ⅳ期性腺越冬,经历一个较长的低温时期,在翌年4~5月气温上升,湖面解冻后开始生殖活动。生殖洄游的具体时间与各河流的水温、水位有关,如果水温低、来水量小,生殖洄游时间将推迟。

3.5.3 性征及性腺发育

从臀鳍的形状很容易鉴别青海湖裸鲤的雌雄。雄性个体的臀鳍呈圆形,边缘有较深的缺刻,最后2枚分支鳍条具有明显的角质倒钩;雌性个体的臀鳍呈斜三角形或椭圆形,末端尖形,边缘光滑无缺刻。此外,成熟雌雄个体的臀鳍均增厚,在雄鱼表现得更明显。在生殖洄游期间,雄性个体臀鳍部位有大而明显的白色珠星,手摸起来非常粗糙,身体其他部位也有一些分布,雌体也有珠星,但没有雄体明显。雄鱼背鳍边缘有缺刻,而雌鱼缺刻不明显,但这种差别并不是很大,只能作为雌雄鉴别的一种辅助手段。

青海湖裸鲤的性腺发育可分为 6 期,当其性腺达到第一次性成熟后,随着季节的变化,其性腺发育发生相应的变化(图 3-10,表 3-6)。7 月、8 月是当年参加繁殖的青海湖裸鲤卵母细胞退化吸收阶段,卵巢内的大部分第 5 时相卵母细胞排出体外,残留一些空滤泡和部分未产出的第 4、5 时相卵母细胞,这些剩余的卵母细胞逐渐被吸收退化,卵膜已破裂(彩图 3-11a,b)。而没有参加繁殖的青海湖裸鲤一部分已经达到Ⅳ期末,切片中几乎没有其他时相的卵母细胞(彩图 3-11c),也有部分达到Ⅲ期和Ⅳ早、中期(彩图 3-11d,e),还有极少部分为Ⅱ期(彩图 3-11f)。Ⅳ期卵巢占 7、8 月湖中捕获雌鱼样本的 10%～14.5%,其他主要为当年参加繁殖的Ⅵ性腺和Ⅱ期和Ⅲ期性腺,在湖中没有捕获到处于Ⅴ期卵巢的青海湖裸鲤,但有Ⅴ期精巢(彩图 3-11j)。9 月初仍有 13%的雌鱼样本处于退化吸收阶段;10 月初,所有采集的样本没有处于退化吸收阶段的,其中有 62.8%雌鱼处于Ⅳ期,75%的雄鱼处于Ⅳ期,其他主要为Ⅱ期和Ⅲ期(彩图 3-11g,h);11 月,Ⅳ期卵巢占捕获样本的73.9%,Ⅳ精巢(彩图 3-11i)占 89.1%;11 月至翌年 3 月基本维持在这个水平。从2002 年 11 月～2003 年 3 月渔获物标本的切片和解剖结果看(表 3-6),捕获的性成熟亲鱼 327 尾(其中雄 67 尾,雌 260 尾),有 75.38%的雌性个体和 89.46%的雄性个体处于Ⅳ期,而处于Ⅱ期的雌雄个体分别占 10.77%和 4.48%,处于Ⅲ期的雌雄个体分别为 13.85%和 5.97%。5 月以后,处于Ⅳ期性腺的比例开始降低,这是因为大量处于Ⅳ期性腺的青海湖裸鲤开始洄游到各产卵河道,准备产卵繁殖。

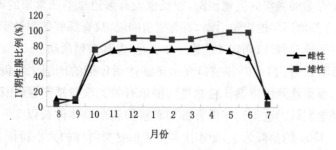

图 3-11　湖中青海湖裸鲤繁殖群体在不同月份处于Ⅳ期性腺所占的比例

表 3-6　青海湖裸鲤冬季性腺的发育状况（2002 年 11 月～2003 年 3 月）

性腺发育时期	Ⅰ	Ⅱ	Ⅲ	Ⅳ	Ⅴ	Ⅵ
雌鱼[尾数/比例(%)]	0/0	28/10.77	36/13.85	196/75.38	0/0	0/0
雄鱼[尾数/比例(%)]	0/0	3/4.48	4/5.97	60/89.46	0/0	0/0

从 10 月捕获的青海湖裸鲤解剖和切片观察发现,雌鱼卵巢很多都达到Ⅳ期,部分达到Ⅳ期末,但此时并不产卵繁殖,而要等到翌年 4～5 月才能繁殖产卵,因此可认为青海湖裸鲤是以Ⅳ卵巢越冬。为什么青海湖裸鲤从Ⅳ期到繁殖盛期的等待时间如此长,朱洗(1985)认为:当雌鱼的体长、体重、年龄、性腺达到成熟时,如果卵粒长的不很足(如直径只及长足时的 6/10～8/10),即使卵巢发育的相当好,卵粒也整齐,雌鱼也不能产卵,只有当卵粒卵径长得很足时,不能再长的时候,雌鱼才能够产卵。青海湖裸鲤虽然 10 月卵巢已达到Ⅳ期甚至Ⅳ期末,但是根据测量,10 月的卵粒卵径平均为 1.020mm,7 月时Ⅳ期卵巢,卵粒明显增大,卵粒直径平均为 2.330mm,说明 10 月卵粒身体还没完全长足。10 月后,青海湖气温逐渐减低,水温逐渐变冷,湖中饵料生物也变得稀少,因此青海湖裸鲤以Ⅳ卵巢越冬应该是对青海湖环境气候的一种适应。

在湖中,青海湖裸鲤繁殖群体处于Ⅳ卵巢的比例在 12 月达到最高(76.2%),以后基本维持在该水平越冬。3 月仍有 10.77%性成熟雌鱼处于Ⅱ期(Ⅱ重),性成熟系数平均为 0.62%和 18.85%的性成熟雌鱼处于Ⅲ期(Ⅲ重),性成熟系数平均为 1.33%。到了 5 月,仍然有 5%的卵巢处于Ⅱ重期,性成熟度系数平均为 1.9%,到了 7 月,仍然发现有处于Ⅱ重期卵巢的剩余繁殖群体(当年没有参加繁殖的性成熟雌鱼),性成熟度系数平均为 3.12%。这部分青海湖裸鲤当年不可能参加繁殖,主要是因为青海湖裸鲤的繁殖活动已接近尾声,而由Ⅱ期经Ⅲ期向Ⅳ期过渡是要经过一个较长的过程。从图 3-10 也可看出,即使它们能在 7 月达到Ⅳ期,但它们仍然在湖中,没有参加当年的生殖洄游,卵径也没有河道里参加繁殖的卵粒大,所以它们应该没有参加当年的繁殖活动,具有生殖间隔,只有那些冬季处于Ⅳ期水平的亲鱼,经过一个低温刺激,卵粒才能进一步长足,参加繁殖活动。

从表 3-6 看出,雄鱼(90%左右)在越冬期达到Ⅳ期的比例比雌鱼(75%左右)大,这可能与卵巢达到性成熟比精巢更为困难有关。这与胡安等(1975)的研究结果相似,但是他们认为这类当年没有参加繁殖的剩余群体体长以 32～35cm、空壳体重为 251～450g 的鱼群为主,而本次调查表明这类群体的大小特征分段不明显,这可能与现在体长、体重比较集中有关。但实验发现这类群体中小个体的比例相对较大,这与色林错裸鲤(何德奎等,2001a)有一定的相似,但其生殖间隔的机理及什么样的群体当年不能发育到Ⅳ期,有待进一步研究。

3.5.4　成熟系数

　　青海湖裸鲤的性成熟度系数有一定的变化规律,它随着性腺发育期的不同而不同。同时性腺发育又同季节有着密切的关系。因此性成熟度系数也就因季节的不同而发生规律性的变化(图 3-12,图 3-13)。

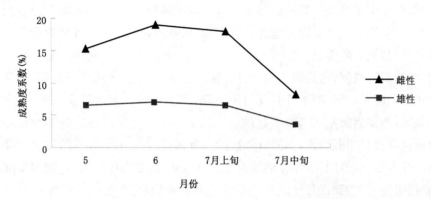

图 3-12　繁殖期产卵场中青海湖裸鲤产卵群体成熟度系数的月变化

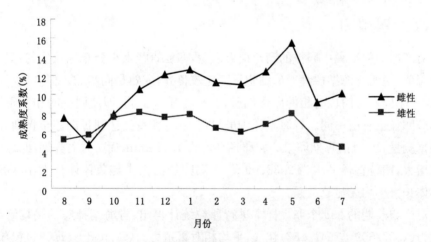

图 3-13　湖中青海湖裸鲤繁殖群体性成熟度系数的月变化

　　从图 3-12 看出,产卵群体雌雄鱼的成熟度系数变化趋势一致。卵巢的平均 GSI(Ⅳ期～Ⅴ期)要比精巢大得多,6 月,3 个群体中雌性个体 GSI 平均为 18.95%,而雄性个体的仅 7.024%,这体现了亲鱼资源物资主要分配给卵巢,使卵黄足够沉积,以保证受精卵发育成为仔鱼。产卵群体的性成熟系数 5 月达到较高水平,在 6 月出现最高值,以后逐渐下降,到 7 月中旬,其性成熟度系数急剧下降,到 7 月底,产卵基本结束,这时河道里一般也较少有青海湖裸鲤存在,表明青海湖裸鲤的繁殖盛期一般是 5～7 月上旬。

从图 3-13 看出,青海湖湖区内性成熟的雌雄鱼的性成熟度系数在 5 月处于最高值,以后逐渐下降,最低值在 8 月。这可能与大批成熟亲鱼进入河中繁殖有关。7 月,雌鱼性成熟度系数处于一个相对的高峰,这种现象是因为湖中处于Ⅱ、Ⅲ期的性腺快速发育,使其成熟度系数上升。8～9 月尽管湖内的鱼群性成熟度系数还在增加,但是由于参加了繁殖活动的鱼群大量回到湖中,而这类鱼群性腺将由Ⅵ期退化为Ⅱ期,性成熟度系数可能进一步降低,从而使湖区鱼群的性成熟度系数没有明显变化,甚至有所降低。10～12 月,湖区内繁殖群体的性成熟度系数又继续明显增加,达到较高值,这是因为大部分性腺快速发育,在越冬前达到Ⅳ期,并基本维持在该水平越冬。翌年 2～3 月又有所下降,可能是因为湖水温度太低,湖内饵料生物缺乏,鱼类因御寒而消瘦引起的。这从 2 月和 3 月所取样品的年龄和体重结果分析也可得到相似结论,即同一年龄的青海湖裸鲤在 2 月、3 月的体重有降低的趋势。开春后,水温回升,性腺继续发育,性成熟度系数迅速增大,Ⅳ期卵巢继续长足,卵径明显增大,到 5 月性成熟度系数达到最高值,青海湖裸鲤产卵鱼群又开始向河口集中,准备繁殖。

3.5.5　繁殖力

对产卵前的卵巢中卵粒的测定结果表明,卵粒直径大小分布比较均匀,只出现一个峰值,说明青海湖裸鲤卵母细胞发育比较整齐,成熟是同步的。但从周年变化看,处于不同发育阶段时相的卵母细胞,其卵径显著不同,即使同一时相在不同发育季节卵径也有所不同。青海湖裸鲤虽然在 10 月卵巢已达到Ⅳ期甚至Ⅳ期末,但是根据测量,10 月的Ⅳ期卵巢卵粒卵径平均为 1.020mm,而 7 月时Ⅳ期卵巢,卵粒明显增大,卵粒直径平均为 2.330mm。成熟卵径的大小与鱼体体长大小、GSI 与鱼体体长大小均无显著关系。

对产卵前期的 239 个卵巢样本进行卵粒统计得出,青海湖裸鲤的平均绝对繁殖力为(4337.809±2541.257)粒/g,平均相对繁殖力为(27.088±11.094)粒/g(表 3-7)。其绝对繁殖力(F)随体长(L)、体重(W)、纯体重(W_0)、性腺重(W_x)的增加而增加,相关方程分别为

$$F=0.003\,012L^{2.560\,43}\ (R=0.73\,650) \tag{3-20}$$

$$F=429.63+18.377W\ (R=0.766\,46) \tag{3-21}$$

$$F=730.20+21.548W_0\ (R=0.743\,23) \tag{3-22}$$

$$F=-387.7+160.07W_x\ (R=0.870\,64) \tag{3-23}$$

表 3-7　青海湖裸鲤的个体繁殖力

	平均值	最小值	最大值	标准差	样本数
绝对繁殖力(粒)	4 337.809	710.000	17 850.000	2 541.257	239
相对繁殖力(粒/g)	27.088	4.667	75.000	11.094	239

绝对繁殖力随 GSI 的增大而增大,在 GSI 为 17.5%处附近达到最大,以后开始缓慢下降,GSI 为 17.5%~20.0%的个体,其绝对繁殖力变化范围很大,而且变动较为均匀。相对繁殖力的变化趋势与绝对繁殖力的变化趋势不同,它随体长、体重、空壳重的变化不是很明显,总地说来,有微弱下降的趋势;而与性成熟鱼的 GSI 的变化趋势基本一致,它随 GSI 的增加而增加,相关方程为

$$Fs = -1.535 + 154.39GSI \quad (R = 0.698\ 03) \tag{3-24}$$

与其他高原裂腹鱼类相比,青海湖裸鲤的繁殖力存在一些差别。乌江上游四川裂腹鱼的绝对繁殖力 8681.4 粒,相对繁殖力 7.9286 粒/g(陈永祥和罗泉生,1995),西藏色林错裸鲤的绝对繁殖力 12 607.2884 粒,相对繁殖力 25.8258 粒/g(何德奎等,2001a),青海湖裸鲤生活地区的海拔介于这两者之间,虽然其平均绝对繁殖力比两者低,但其相对繁殖力比两者均高,这意味着其受精率与幼体成活率比四川裂腹鱼和西藏色林错裸鲤相对高些。20 世纪 60 年代,青海湖裸鲤的绝对繁殖力为 16 242 粒,相对繁殖力为 28.75 粒/g(胡安等,1975),80 年代,青海湖裸鲤的绝对繁殖力为 13 417 粒,相对繁殖力为 30.49 粒/g(赵利华,1982b),90 年代,青海湖裸鲤的绝对繁殖力为 6924 粒,相对繁殖力为 28.57 粒/g(史建全等,2000c)。本次统计绝对繁殖力比以前要小,相对繁殖力要高。青海湖由于过度捕捞,鱼类群体数量减少,应该说食物条件得到改善,雌鱼的繁殖力应该提高。出现这种现象的原因可能是由于青海湖裸鲤资源的过度衰竭,青海湖裸鲤严重小型化,从采样的情况看,大部分个体体长在 300mm 以下,体重在 250g 以下,从而导致绝对繁殖力下降,而相对繁殖力反而上升。

第4章 青海湖裸鲤生理学研究

4.1 肠道组织学特征

2002年7月上旬,在沙柳河随机取青海湖裸鲤50尾标本,体重为160~230g,采用石蜡切片法对青海湖裸鲤肠道组织学结构进行了研究。

4.1.1 形态学

通过对青海湖裸鲤肠道食物充塞度观察发现,产卵群体肠道充塞度等级都比较低,一般处于0~1级,少量处于2级,几乎没有处于3级以上充塞度的,说明青海湖裸鲤在溯河而上进行产卵洄游时仍在进行摄食,但摄食量大为下降。青海湖裸鲤属于鲤科鱼类,无胃,食道之后即为肠,整个肠道有多重回旋盘在腹腔里。从形态上看,其前肠、中肠到后肠逐渐变细,但分界点不很明显,可从盘旋位置划分其前、中、后肠。青海湖裸鲤肠长度介于草食性与肉食性鱼类之间,肠长为体长的1.14~5.26倍。

4.1.2 组织结构

1. 相同点

青海湖裸鲤的肠道各段肠壁的组织结构基本相似,前、中、后肠壁均由黏膜层、黏膜下层、肌层和浆膜层4层组成(彩图4-1,a-1、b-1、c-1)。黏膜层由黏膜上皮、固有膜构成,缺乏黏膜肌,使固有膜与黏膜下层间的区分不明显,故有的学者将肠壁分为3层(倪达书和洪雪峰,1963)。从彩图4-1a也可以看出,青海湖裸鲤肠壁分为3层更为明显,即黏膜层、肌层和浆膜层。黏膜上皮都是由柱状细胞和杯状细胞组成(彩图4-1,a-2、b-2、c-2)。柱状细胞的数量多,胞核呈卵圆形,位于基部,核仁清楚,胞质着色较深,主要起吸收作用;杯状细胞的数量相对较少,呈长梨形,能够分泌黏液以滑润上皮表面和清除废物的作用。分布在柱状上皮细胞之间还有一些游走细胞和淋巴细胞。上皮基部由致密结缔组织构成固有膜(彩图4-1,a-1、b-1、c-1),其下是由疏松结缔组织构成的黏膜下层(彩图4-1,a-1、b-1、c-1)。肌层分为内、外2层,内层环肌,外层纵肌。浆膜层薄,由结缔组织和一层间皮细胞构成。

2. 不同点

青海湖裸鲤肠道前肠、中肠和后肠三段的组织结构基本相同,其差异主要表现在黏膜层。青海湖裸鲤的肠黏膜向肠腔突起形成褶皱,前、中肠的褶皱高而宽,排列紧密,纹状缘明显;后段的褶皱低而窄,排列疏松,纹状缘不明显(彩图 4-1,a-1、b-1、c-1),从前肠、中肠到后肠,杯状细胞逐渐减少。

1)前肠

青海湖裸鲤前肠黏膜向腔面褶成 20～30 个长条形褶皱,顶部较尖;黏膜褶高度平均 727.5μm,宽度平均为 159.13μm。黏膜表面是单层柱状上皮细胞,细胞之间有许多杯状细胞,杯状细胞平均为 49 个。固有膜和黏膜下层厚度平均为 188.16μm。环肌厚度平均为 122.8μm(表 4-1,彩图 4-1a)。

2)中肠

中肠黏膜向腔面褶成 16～28 个长条形褶襞,顶部较尖;黏膜褶高度平均为 484.6μm,宽度平均为 145.16μm。黏膜表面衬裱着单层柱状上皮,柱状上皮细胞之间有少量的杯状细胞,杯状细胞平均为 19 个。固有膜和黏膜下层厚度平均为 189.8μm。环肌厚度平均为 91.6μm(表 4-1,彩图 4-1b)。

3)后肠

青海湖裸鲤后肠黏膜向腔面褶成 18～26 个长条形褶襞,顶部较圆;黏膜褶高度平均 363.7μm,宽度平均为 123.5μm。黏膜褶两侧表面大都衬裱着复层鳞状上皮,黏膜褶顶部大都衬裱着柱状上皮,上皮细胞间杯状细胞少平均为 14 个。固有膜和黏膜下层厚度平均为 204.8μm。环肌厚度平均为 103.4μm(表 4-1,彩图 4-1c)。

表 4-1　青海湖裸鲤肠道性状

项目	前肠	中肠	后肠
黏膜褶数量(个)	25±5	22±6	22±4
黏膜褶高度(μm)	727.5±325.13	484.6±272.71	363.7±87.31
黏膜褶宽度(μm)	159.13±23.06	145.16±45.77	123.5±28.65
固有膜和黏膜下层总厚度(μm)	188.16±49.16	189.8±62.09	204.8±72.46
环肌厚度(μm)	122.8±60.76	91.6±35.87	103.4±39.99
杯状细胞数量(个)	49±20	19±13	14±7

4.1.3　肠道的分段

关于鲤科鱼类肠道分段问题不同学者各持己见(楼允东,2000),林浩然(1998)

认为食道之后便是肠,没有分段的必要。从本实验测得的肠道各部分数据(表 4-1),尤其是黏膜褶数量、高度、厚度和杯状细胞多少来看,有必要把肠道分为前、中、后肠 3 部分。前肠较粗,黏膜褶较多,高且粗,排列整齐,肠腔较大,特别是杯状细胞比其他段显著多。中肠黏膜褶较前肠细而短,排列整齐,肌层较薄,缺少或少有杯状细胞。后肠细,黏膜褶形状不规则且较短,黏膜褶数量较少。上述分段与倪达书和洪雪峰(1963)对草鱼消化道的划分法基本相同。

4.1.4　肠道组织学特征与食性

青海湖裸鲤是杂食性鱼类,据王基琳(1975)研究青海湖裸鲤的食物表明,青海湖裸鲤的食物可分为三种类型:第一种类型是以浮游甲壳动物和摇蚊幼虫以及其他昆虫成体或幼体等组成的动物性食料,第二种类型是以硅藻类为主包括绿藻类组成植物性食料,第三种类型是混合性食料,即在其消化道内以上两种食物并存。在该鱼的消化道中,这三种类型的食料组成百分比在各个月份中有不同的变动,它的食性特点与青海湖的食物组成变化相一致,同时也与其肠长与体长之比有较大变化幅度相适应。从图 4-1 和表 4-1 可以看出,青海湖裸鲤有较长的肠道和较发达的黏膜褶群,增加了对食物的消化、吸收接触表面积,也增强了对食物的消化、吸收能力。叶元土和曾瑞(1999)认为肠道对食物的消化、吸收主要与黏膜表面结构和肠道的分泌能力有关。肠道的黏膜上皮的柱状细胞和杯状细胞的多少与吸收和消化能力有关。杯状细胞能分泌黏液和消化酶,一方面润滑上皮,另一方面与消化酶共同作用帮助消化。故杯状细胞的多少可间接反映鱼类的消化能力。青海湖裸鲤前肠黏膜上皮中含有许多的杯状细胞,中、后肠黏膜上皮中含有少量的杯状细胞。从杯状细胞的数量比较推测,青海湖裸鲤主要可能靠前肠消化食物,前肠具有较强的消化能力。

青海湖裸鲤属于杂食性鱼类,而且食谱很广,尤其是成鱼阶段,几乎水体中所有的生物性食物都出现在该鱼的消化道中,表明该鱼的成体对食物是没有什么选择性的,而且青海湖裸鲤在冬季冰封期间仍有摄食活动,只是摄食强度有所下降;从其肠道特点也看出,青海湖裸鲤具有较强的消化吸收能力。因此解决其人工养殖的饵料问题相对较容易,也就是说青海湖裸鲤的人工养殖前景较好。

4.2　营养成分和氨基酸含量

1996 年,对青海湖裸鲤成鱼、鱼苗、鱼卵的粗蛋白、粗脂肪、灰分、水分、粗纤维、碳水化合物、氨基酸含量等进行了测定(表 4-2、表 4-3),其中,成鱼采自布哈河,平均体长 23cm,平均体重 150g;鱼苗采自青海湖鱼类原种良种场人工繁殖出膜

22d 的苗种,平均体全长 2.05cm,平均体重(干重)0.01g;鱼卵采自布哈河产卵亲鱼。成鱼、鱼苗、鱼卵干物质的粗蛋白含量分别为 65 %、57 %和 38.76 %,粗脂肪含量分别为 25 %、31 %和 3.24 %。青海湖裸鲤成鱼和鱼苗鱼体所含各类氨基酸较为完全,含量较高的有精氨酸、谷氨酸、天冬氨酸、赖氨酸和丙氨酸。

表 4-2　青海湖裸鲤的营养成分(%)

	水分	粗蛋白	粗脂肪	灰分	粗纤维	碳水化合物
成鱼	71.85	65	25	4.55	0.21	0.28
鱼苗	32.41	57	31	6.56	3.1	0.31
鱼卵		38.76	3.24	1.40	0.96	

注:水分为鲜重百分率,其他项均为干重百分率。

表 4-3　青海湖裸鲤的氨基酸含量(%)

氨基酸	成鱼	鱼苗
精氨酸	8.14	7.49
谷氨酸	6.17	6.72
天冬氨酸	4.35	4.42
赖氨酸	3.96	3.27
丙氨酸	3.16	4.06
组氨酸	2.97	2.24
亮氨酸	2.62	2.75
丝氨酸	2.29	2.78
缬氨酸	1.87	1.93
甲硫氨酸	1.63	2.13
异亮氨酸	1.29	1.20
酪氨酸	1.22	3.69
苏氨酸	1.17	2.17
甘氨酸	0.88	2.77
苯丙氨酸	0.84	0.63
脯氨酸	0.53	0.60
胱氨酸	0.26	0.24
合计	43.35	49.09

表 4-4 可以看出,青海湖裸鲤粗蛋白干物质含量稍高于鳊和鲫,粗蛋白+粗脂肪的含量高于青鱼、草鱼、鳊、鲫和鲢,而稍低于胡子鲇和太湖新银鱼。青海湖裸鲤

粗脂肪的含量均高于其他鱼类的含量,是一种提供高能的能源物质。

表 4-4　青海湖裸鲤与其他鱼类营养成分的比较(%)

	水分	粗蛋白	粗脂肪	灰分	粗蛋白＋粗脂肪
青海湖裸鲤	71.85	65	25	4.55	90
青鱼	78.12	72.48	12.02	5.05	84.5
草鱼	79	73.81	6.67	9.52	80.48
鳊	76	64.17	18.75	5	82.92
鲫	78	63.66	5.91	4.09	69.57
鲢	75.91	67	21.92	5.4	88.92
鳙	78.02	77.16	15.01	5.32	92.17
胡子鲶	79.03	74.34	17.12	8.63	91.46
太湖新银鱼	84.03	84.05	6.5	6.45	90.55

注:水分为鲜重百分率,其他项均为干重百分率。

魏振邦等(2008)分析青海湖不同支流中(淡水、沙柳河、哈尔盖、黑马河、布哈河和泉吉河)青海湖裸鲤肌肉的营养成分,结果表明,6 个地区青海湖裸鲤肌肉营养成分存在一定的地区差异,其中淡水青海湖裸鲤肌肉中脂肪含量显著大于($P<$0.05)其他 5 个地区,蛋白含量显著大于($P<$0.05)黑马河青海湖裸鲤肌肉的蛋白含量。6 个地区必需氨基酸和鲜味氨基酸含量差异不显著($P>$0.05)。不同支流必需氨基酸和非必需氨基酸的比值都在 0.7 左右,必需氨基酸占氨基酸总量百分比都大于 41%,这超过了 FAO/WHO 提出的必需氨基酸和非必需氨基酸比值 0.6以上,必需氨基酸占氨基酸总量百分比 40%左右的标准,说明 6 个地区青海湖裸鲤的必需氨基酸含量都很丰富。

王申(2005)研究了河鱼和湖鱼在湖中及其河中各组织的氨基酸变化(表 4-5),结果表明青海湖裸鲤肌肉中氨基酸的总量并没有明显的变化,但白肌中许多不同的氨基酸发生了变化。在必需氨基酸中,河鱼的亮氨酸和精氨酸比湖鱼有了明显的下降。在非必需氨基酸中,丙氨酸和谷氨酸有明显的下降,甘氨酸、丝氨酸和半胱氨酸则有明显的上升。在总量基本不变的情况下,这些氨基酸的相互转变。这可能与青海湖裸鲤在湖、河之间洄游时环境的剧烈变化有关。青海湖裸鲤在生殖洄游游的过程中,这些升高的氨基酸可能能被裸鲤更加迅速地利用,或者在应付剧烈变化的环境时,能提高裸鲤对环境变化的抗性。河鱼血浆中的氨基酸含量比湖鱼有了一定的上升,这说明裸鲤在从湖中到河中时,对能量物质的需求增大。蛋白质氨基酸作为主要的能量物质,通过血浆运送到各个组织里供消耗所需。但是我们也可以看到,这种变化绝对量并不大,因此这提示青海湖裸鲤在生殖洄游期间是以另外的能量物质来满足它大部分的能量需求的。

表 4-5　湖区和布哈河中青海湖裸鲤的氨基酸变化

		湖区(g/100g 湿)	布哈河(g/100g 湿)	变化(μmol/100g 湿)
红肌	天冬氨酸	1.24	1.5	−19.94
	丝氨酸	0.38	0.53	−14.26
	甘氨酸	0.89	1.05	−20.87
	半胱氨酸	0.40	0.61	−16.65
	丙氨酸	1.80	1.57	25.97
白肌	丝氨酸	0.39	0.58	−18.22
	谷氨酸	2.28	1.93	24.12
	亮氨酸	1.36	1.16	15.49
	精氨酸	0.95	0.47	12.54
血浆	组氨酸	0.95	1.00	−3.46

4.3　无机元素

　　李明德等(1995)报道了 1989 年 5 月、10 月对青海湖裸鲤体内人体和动物必需的常量和微量元素的测定结果,其含量存在不同组织、性别和季节的差异。雌雄个体中不同组织 6 种常量元素(钾、钠、钙、镁、硫、磷)的总量都是骨的含量最高,其次是鳞和鳃,雌鱼各种组织中含量的顺序是骨＞鳞＞鳃＞肝＞肌肉＞肠＞心＞卵巢＞皮,雄鱼骨＞鳞＞鳃＞皮＞精巢＞心＞肠＞肝＞肌肉。钙及磷都是骨含量最高,钙占 20.65％～20.9％,磷占 9.57％～9.66％,镁以鱼鳞中的含量最高,占 0.24％～0.3％,鳃富集较多的元素,主要因为鳃是呼吸器官,充满血液,而金属元素又与其血红蛋白结合,因此鳃中的元素含量较高。雌雄个体不同组织 10 种微量元素(铁、锰、锶、钴、镍、钒、钼、铬、铜、锌)均以鳞含量最高,肌肉最低,雌鱼各种组织中含量的顺序是肠＞鳞＞心＞＞鳃骨＞肝＞皮＞卵巢＞肌肉,雄鱼鳞＞肝＞心＞鳃＞骨＞肠＞皮＞精巢＞肌肉。雄性常量元素总量稍大于雌鱼,差别主要表现在性腺上,精巢的常量元素总量为卵巢的 1.77 倍,而卵巢的微量元素是精巢的 1.85 倍,由于卵子供给胚体发育营养物质,因此卵巢的必需微量元素大于精巢。无机元素含量也具有明显的季节变化,5 月下旬,骨及卵巢的常量元素大于 10 月,这与繁殖前大量元素积聚有关;微量元素骨及卵巢 10 月大于 5 月,这与越冬积聚较多微量元素有关,是一种适应。

4.4 脂肪酸

杨绪启等(1998)利用气相色谱—火焰离子化检测法对青海湖裸鲤的脂肪酸进行了初步分析,鉴定了 15 种主要脂肪酸(表 4-6),占脂肪酸总量的 93.54%,其中二十碳五烯酸(EPA)占 9.96%,二十二碳六烯酸(DHA)占 6.67%,与大多数海洋经济鱼类相当,具有较高的营养价值和开发潜力。薄海波等(2006)采用气相色谱/质谱法定性定量分析了青海湖裸鲤鱼油中的 47 种脂肪酸,青海湖裸鲤脂肪酸占鱼油总量的 98.0%,鱼油由 C_{12}~C_{22} 脂肪酸组成,种类包括直链、单支链、多支链饱和脂肪酸,单不饱和、多不饱和脂肪酸,环丙烷基脂肪酸类,呋喃基脂肪酸类等,还发现了青海湖裸鲤鱼油中存在多种少见的奇数碳链脂肪酸。不饱和脂肪酸总计为 73.6%,其中多不饱和脂肪酸为 25.4%,单不饱和脂肪酸 48.2%;饱和脂肪酸为 25.7%;不常见的环丙烷基和呋喃基脂肪酸约占 0.27%。

表 4-6 青海湖裸鲤油脂中主要脂肪酸组成

脂肪酸	碳数及不饱和度	含量(%)	
		鱼头	鱼体
肉豆蔻酸	$C_{14:0}$	6.48	6.86
两豆蔻油酸	$C_{14:1}$	0.35	0.38
棕榈酸	$C_{16:0}$	14.27	14.37
棕榈油酸	$C_{16:1}$	18.35	18.43
硬脂酸	$C_{18:0}$	1.01	1.01
油酸	$C_{18:1}$	11.54	11.18
顺式 11-十八碳烯酸	$C_{18:1}$	4.98	4.37
亚油酸	$C_{18:2}$	4.74	4.20
γ-亚麻酸	$C_{18:3}$	0.42	0.41
α-亚麻酸	$C_{18:3}$	7.08	6.46
十八碳四烯酸	$C_{18:4}$	6.36	5.97
二十碳-烯酸	$C_{20:1}$	0.43	0.56
花生四烯酸	$C_{20:4}$	0.90	0.91
二十碳五烯酸	$C_{20:5}$	9.96	8.19
二十二碳六烯酸	$C_{22:6}$	6.67	7.51
饱和脂肪酸		21.76	22.24
不饱和脂肪酸		71.78	68.57
EPA+DHA		16.63	15.70

4.5 血液

许生成(2003)对青海湖裸鲤 10 项血液指标进行了测定(表 4-7),雄、雌鱼间除血清无机磷浓度雄性鱼明显低于雌性鱼以外($P < 0.01$),其他各项指标无显著性差异($P > 0.05$),血清无机磷浓度雌鱼为(3.47 ± 0.66)mmol/L,雄鱼为(2.88 ± 0.56)mmol/L。青海湖裸鲤 RBC 较低,而 Hb 偏高,表明青海湖裸鲤在高海拔低氧环境中形成了特有的红细胞系统,红细胞中的 Hb 含量高,且携氧能力亦强。青海湖裸鲤血液中的血清总蛋白、胆固醇和血糖含量较高,亦表明青海湖裸鲤具有较旺盛的新陈代谢机能,以适应恶劣的生态环境。

表 4-7 青海湖裸鲤血液指标

红细胞 ($\times10^{12}$个/L)	白细胞 ($\times10^9$个/L)	血红蛋白 (g/L)	血清					
			总蛋白 (mmol/L)	胆固醇 (mmol/L)	血糖 (mmol/L)	无机磷 (mmol/L)	Mg^{2+} (mmol/L)	Ca^{2+} (mmol/L)
1.28 ± 0.27	31.99 ± 3.41	71.8 ± 11.4	52.92 ± 8.74	5.97 ± 2.06	10.09 ± 3.56	3.17 ± 0.65	0.74 ± 0.21	2.84 ± 0.18

4.6 消化酶

张雁平和李晓卉(2006)对比研究了青海湖裸鲤和鲤的消化酶活性(表 4-8)。青海湖裸鲤胰脏和肠道消化酶(蛋白酶和淀粉酶)活性在依体重大小划分的各组间差异不显著($P>0.05$),胰脏和肠道蛋白酶活性低,其活性强弱为肠>胰脏。青海湖裸鲤淀粉酶活性较鲤高,胰脏平均高出 56.1U、小肠平均高出 47.2U,淀粉酶在肠道不同部位淀粉酶活性不同,后肠比前肠平均高 355.7U。对青海湖裸鲤进行消化道淀粉酶活性的测定,结果淀粉酶活性较高,其次为蛋白酶活性,表明青海湖裸鲤是杂食偏草食性的鱼类。而青海湖是贫营养性湖泊,导致青海湖裸鲤营养缺乏,长期处于饥饿状态。试验发现裸鲤肠道是鲤鱼的 1.5 倍,表明青海湖裸鲤在长期的遗传进化过程中,为适应恶劣的生态环境而不断增强自身的摄食能力和消化功能。

表 4-8 青海湖裸鲤及鲤的胰脏和肠道消化酶活性 (单位:U)

		蛋白酶	淀粉酶
青海湖裸鲤	胰脏	0.51~0.65	265.6~329.8
	肠道	0.89~1.10	170.1~244.4
鲤	胰脏	0.67	241.5
	肠道	0.86	154.9

4.7　卵毒

　　谢新民等(1991)综合分析了青海湖裸鲤卵毒的特性,认为青海湖裸鲤卵含有剧毒物质,而且在接近成熟和生殖期时毒性更强。卓晓亮等(1991)经 Sephadex G50 层析柱初步分离出一可引起豚鼠回肠纵行平滑肌收缩的卵毒成分,其化学本质可能为多肽或蛋白质。施玉梁等(1995)继续探讨了这一卵毒成分的毒性机理,认为裸鲤卵毒可能通过在细胞膜上形成跨膜离子通道,从而破坏肌细胞的内外离子平衡,导致消化道平滑肌异常收缩引起中毒。而且发现,卵的毒性成分包含至少有两个以上的可以在脂双层形成通道的成分,其中某些可在脂双层形成阴离子通道,而另一些可形成阳离子通道。

第5章　青海湖裸鲤遗传学研究

5.1　遗传多样性研究

　　遗传多样性是生物多样性的重要组成部分,广义的遗传多样性是指地球上所有生物携带的遗传信息的总和,而狭义的遗传多样性是指种内不同群体之间或同一群体内不同个体的遗传变异的总和。遗传多样性的表现是多层次的,可以表现在外部形态上,如鱼类的体色、须的颜色和形状;表现在生理代谢上,如酶活性的高低;也可以表现在染色体、DNA 分子水平上。为了更加合理地保护、管理和利用自然资源,维持自然界生物多样性,人们需要对导致物种灭绝的遗传机制、物种的遗传变异过程以及物种保护需要遵循的遗传学规律等进行研究。遗传多样性研究分子生物学方法主要包括蛋白质与同工酶电泳、DNA 杂交、随机扩增多态性 DNA (random amplified polymorphism DNA,RAPD)、限制性片段长度多态性(restriction fragment length polymorphism,RFLP)、扩增片段长度多态性(amplified fragment length polymorphism,AFLP)、单链构象多态性(single-strand conformation polymorphism,SSCP)、单核苷酸多态性(single nucleotide polymorphism,SNP)、线粒体 DNA(mitochondrial DNA,mtDNA)、微卫星 DNA(microsatellite DNA)等多种分子技术。每一种技术都有自己的优缺点,没有一种技术是万能的,根据不同研究对象、不同科学问题要采取不同的研究方法,最好是几种方法同时应用、互相印证、取长补短,这样得到的数据和结论会比较客观。

　　目前,由于流域面积萎缩、过度捕捞以及产卵场被破坏等因素的影响,青海湖裸鲤的种群正处于剧烈衰退之中,影响了整个青海湖地区的生态平衡(陈民琦等,1990)。但是如何恢复其种群数量,怎样合理地进行种群数量的补充,特别是在不影响其自然遗传性状和群体遗传多样性的前提下实现该种群的增长和恢复,还需要深入对其遗传多样性及各个自然群体之间遗传关系进行研究和分析,以制定一个建立在科学的理论依据之上的种群保护和人工放流措施。

5.1.1 RAPD分析

1. RAPD 结果

采用随机扩增多态性 DNA(RAPD)方法对青海湖裸鲤的 3 个洄游繁殖群体(黑马河、布哈河、沙柳河)各 30 个个体的 DNA 多态性进行了分析。共筛选了 30 种随机引物,其中 13 种引物可产生清晰、可重复的扩增带。用这 13 种引物(kitC02、kitC10、kitV1、kitV2、kitV6、kitV7、kitV9、kitV14、kitQ5、kitR10、kitN3、kitZ 8、kitZ12)对青海湖裸鲤的 3 个群体共 90 尾个体的基因组 DNA 进行 PCR 扩增,扩增产物经琼脂糖凝胶电泳,对清晰的可计数位点进行统计(其中引物 kitC10 和 kitC02 对黑马河 1~23 号个体进行扩增的电泳图谱分别见图 5-1、图 5-2)。它们都能产生具有群体或者个体特异性的数量不同的带型,各引物在三个群体中所产生的位点数见表 5-1。

从表 5-1 可知,13 种引物共检测到 85 个可记数的信息位点,其中 68 个为多态位点,占 80.00%。每个引物产生 2~11 个位点,各引物检测到的信息位点数差异较大,平均每个引物可产生 6.54 个信息位点。青海湖裸鲤群体多态位点比例为71.25%~73.49%,多态位点比例高的为布哈河群体(73.49%)和黑马河群体(72.94%),沙柳河群体的多态性位点比例较低(71.25%)。

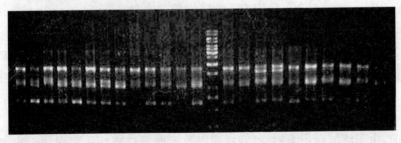

图 5-1 引物 kitC10 对黑马河裸鲤 1~23 号个体的扩增产物电泳图谱

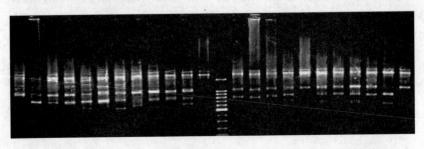

图 5-2 引物 kitC02 对黑马河裸鲤 1~23 号个体的扩增产物电泳图谱

表 5-1　13 种引物在 3 个群体中扩增产生的位点数

引物	黑马河群体		布哈河群体		沙柳河群体		总群体	
	位点数	多态位点数	位点数	多态位点数	位点数	多态位点数	位点数	多态位点数
kitC02	7	4	7	4	7	5	7	5
kitV14	7	5	7	4	7	4	7	5
kitV7	4	1	4	2	4	0	4	2
kitR10	6	5	5	4	5	4	6	5
kitV1	3	2	3	2	2	1	3	3
kitN3	6	6	6	6	6	6	6	6
kitZ12	4	3	4	4	4	4	4	4
kitV2	4	4	4	4	4	4	4	4
kitV6	10	6	10	6	9	6	10	7
kitV9	10	9	9	8	9	8	10	9
kitZ8	11	8	11	8	11	8	11	8
kitC10	5	2	5	2	5	1	5	3
kitQ5	8	7	8	7	8	6	8	7
合计	85	62	83	61	80	57	85	68
多态位点比例（%）	72.94		73.49		71.25		80.00	

2. 群体内的遗传变异

比较 3 个群体内任意两个个体的 RAPD 结果计算出各群体中的两个个体间的遗传相似度，所获得的遗传相似度及遗传变异平均值列于表 5-2。

表 5-2　青海湖裸鲤各群体遗传相似度与基因多样性指数

群体	遗传相似度（平均值）	Nei 基因多样性指数（平均值）	Shannon-Wiener 指数（平均值）
布哈河	0.6752	0.3248	0.4638
黑马河	0.6998	0.3002	0.4346
沙柳河	0.7169	0.2831	0.4081
总群体	0.6605	0.3395	0.4861

由表 5-2 的数据显示，青海湖裸鲤沙柳河、黑马河和布哈河群体内的遗传相似度由高到低依次为：沙柳河＞黑马河＞布哈河，遗传变异度则相反，布哈河＞黑马河＞沙柳河。Nei 基因多样性指数分别为布哈河 0.3248、黑马河 0.3002、沙柳河

0.2831，Shannon-Wiener 指数分别为布哈河 0.4638、黑马河 0.4346、沙柳河 0.4081。虽然 Shannon-Wiener 指数的数值要高于 Nei 基因多样性指数，但是各群体内部的 Nei 基因多样性指数和 Shannon-Wiener 指数的大小与各群体多态位点比例的大小趋势一致。这反映了在 3 个群体内部的遗传多样性之间存在着一定的差异。

3. 遗传分化

表 5-3 结果显示：青海湖裸鲤总基因多样性 H_t 为 0.3395，各群体内基因多样性 H_s 为 0.3027，占了总群体基因变异的 89.2%，表明遗传变异主要存在于群体内。根据基因多样性水平分布所计算得出的群体间的遗传分化系数 G_{st} 为 0.1084，表明青海湖裸鲤 3 个洄游繁殖群体间产生了一定程度的遗传分化。另外，3 个群体间的基因流为 4.1114，显示群体间还是存在着较为广泛的基因交流，这就说明在每一次的生殖洄游过程中所产生的地理隔离导致不同群体间遗传信息的传递受到了一定的影响。

表 5-3 青海湖裸鲤群体间的遗传分化与基因流

	总基因多样性 H_t	群体内基因多样 H_s	遗传分化系数 G_{st}	基因流 N_m
平均	0.3395	0.3027	0.1084	4.1114
标准差	0.0392	0.0333	—	—

青海湖裸鲤 3 个洄游群体间的遗传变异程度通过 Nei 遗传距离计算得出（表 5-4）：黑马河群体与布哈河群体之间遗传距离最小（0.0557），黑马河群体与沙柳河群体之间遗传距离最大（0.1002），这反映了它们之间存在着不同的基因交流水平。平均遗传距离为 0.0788，说明 3 个群体间还是出现了较弱的遗传分化。

表 5-4 青海湖裸鲤群体间的遗传相似性和遗传距离

	黑马河	布哈河	沙柳河
黑马河	—	0.9458	0.9047
布哈河	0.0557	—	0.9132
沙柳河	0.1002	0.0908	—

根据遗传距离进行 UPMG 聚类分析结果如图 5-3 所示，显示了这 3 个群体遗传相互作用、影响程度的大小，其中黑马河群体与布哈河群体间存在着更为广泛的遗传信息的相互渗透，而沙柳河群体则较为难以与另外两个群体之间进行遗传信息的传递，形成了较远的亲缘关系。

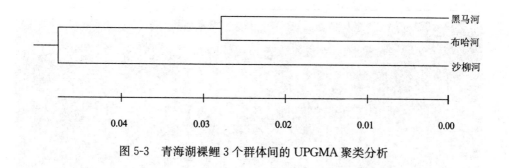

图 5-3　青海湖裸鲤 3 个群体间的 UPGMA 聚类分析

5.1.2　AFLP 分析

1. AFLP 结果

利用 AFLP 技术和统计学分析对 3 个不同地区(黑马河,布哈河,沙柳河)的 45 尾青海湖裸鲤的遗传结构进行研究。将 $PstⅠ$ 和 $TaqⅠ$ 的引物进行配对组合,其中 $PstⅠ$、$TaqⅠ$ 各六种编号分别为 P1~P6 和 T7~T12(表 5-5),共有 36 种引物组合形式,通过引物筛选,从中选出 10 组可产生清晰、较为丰富的扩增条带的引物组合(P1/T7、P2/T7、P3/T7、P3/T8、P3/T12、P4/T7、P4/T8、P5/T10、P5/T11、P6/T12)。用这 10 种引物组合对 3 个群体进行选择性扩增,扩增产物经聚丙烯酰胺凝胶电泳,对清晰的可计数位点进行统计。其中 P3/T8 引物对的聚丙烯酰胺凝胶电泳图见图 5-4,可见青海湖裸鲤的基因组 DNA 经过 $TaqⅠ$ 和 $PstⅠ$ 酶切后产生的片段大小很适合于进行 AFLP 分析。

表 5-5　青海湖裸鲤 AFLP 的引物及序列

引物	序列($5'-3'$)	引物	序列($5'-3'$)
$PstⅠ-1$	GACGGCCGTCA TGCAG A	$TaqⅠ-1$	GATGAGTCCTGAG CGA
$PstⅠ-2$	GACGGCCGTCA TGCAG NNN	$TaqⅠ-2$	GATGAGTCCTGAG CGA NNN
P1	GACGGCCGTCATGCAGA AT	T7	GATGAGTCCTGAGCGAA GT
P2	GACGGCCGTCATGCAGA AG	T8	GATGAGTCCTGAGCGAA TA
P3	GACGGCCGTCATGCAGA AC	T9	GATGAGTCCTGAGCGAA TC
P4	GACGGCCGTCATGCAGA TA	T10	GATGAGTCCTGAGCGAA CT
P5	GACGGCCGTCATGCAGA TC	T11	GATGAGTCCTGAGCGAA CG
P6	GACGGCCGTCATGCAGA TG	T12	GATGAGTCCTGAGCGAA TG

h_1————————————h_{15} b_1————————————b_{15} s_1————————————s_{15}

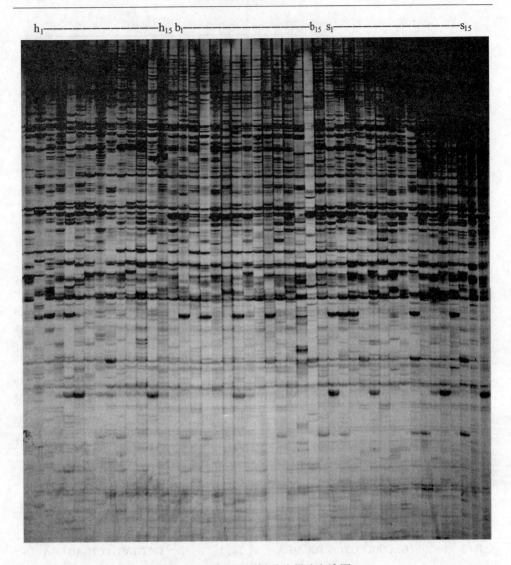

图 5-4　AFLP 聚丙烯酰胺凝胶电泳图

　　10 对引物组合在 3 个群体中共检测到 563 个可记数的信息位点(表 5-6),其中黑马河群体检测到 554 个位点,布哈河 556 个,沙柳河 554 个,各种引物在 3 个群体所检测到的信息位点分布比较均匀。每对引物分别产生 24~90 个位点,平均每个引物可产生 56.3 个信息位点,比较充分地展示了青海湖裸鲤基因组 DNA 的多样性。不同引物组合可以检测到的信息位点数差异较大,其中扩增位点数最多的引物组合是 P4/T7,共产生 90 个可以计数的位点,最少的引物组合是 P6/T12,为 24 个可计数的位点。

表 5-6　10 对引物在 3 个青海湖裸鲤群体中产生的位点数

引物组合	扩增总位点数	黑马河位点数	布哈河位点数	沙柳河位点数
P2/T7	72	71	70	71
P4/T8	57	56	54	57
P5/T11	35	34	35	35
P1/T7	37	37	37	35
P3/T7	64	63	64	63
P3/T8	80	78	80	80
P4/T7	90	89	88	89
P3/T12	60	58	60	58
P5/T10	44	44	44	43
P6/T12	24	24	24	23
合计	563	554	556	554

2. 群体内的遗传多样性

由表 5-7 的数据说明,青海湖裸鲤黑马河、布哈河、沙柳河 3 个群体内的遗传相似度由高到低依次:沙柳河＞布哈河＞黑马河。青海湖裸鲤群体多态位点百分率分别为黑马河 77.26％,布哈河 76.91％,沙柳河 69.45％,总的群体多态位点百分率为 82.95％,由此可见位点多态性主要来源于群体内部,群体内部存在着比较广泛的变异。其中黑马河与布哈河所产生的多态性位点比例相当,而沙柳河的多态性位点比例与二者有一定差异。

经 Popgen32 软件统计得出 3 个群体总的 Nei 基因多样性指数为 0.3090,Shannon-Wiener 指数为 0.4578。3 个群体的 Nei 基因多样性指数分别为黑马河0.2869,布哈河 0.2884,沙柳河 0.2663,Shannon-Wiener 指数分别为 0.4244、0.4251、0.3915,也可以看出基因水平的多样性主要存在与各个群体内部,群体间的基因多样性水平较低。Nei 基因多样性指数和 Shannon-Wiener 指数的大小与各群体多态位点百分率的大小趋势一致。

表 5-7　青海湖裸鲤的群体遗传变异指数

群体名称	总位点数	多态性位点数	多态位点百分率(%)	Nei 基因多样性指数 H	Shannon-Wiener 指数 I	遗传相似度 F
黑马河	554	435	77.26	0.2869	0.4244	0.7149
布哈河	556	433	76.91	0.2884	0.4251	0.7238
沙柳河	554	391	69.45	0.2663	0.3915	0.7256
总群体	563	467	82.95	0.3090	0.4578	0.6910

3. 群体间的遗传分化

根据遗传多样性水平在群体内(H_s)、群体间分化系数(H_t)和基因流(N_m)(表 5-8)可知:总基因多样性 H_t 平均值为 0.3099,群体内基因多样性 H_s 平均值为 0.2801,表明遗传变异主要存在于群体内。另外从表 5-9 中可以看出黑马河群体与布哈河群体间的遗传距离是三者中最小的,表明这两个群体间的亲缘关系较近,基因交流水平比较高;而沙柳河群体与布哈河群体间的遗传距离最大,表明这两个群体间的亲缘关系较远,基因交流的水平相对较低。3 个群体的相似系数均大于0.9,表明这 3 个群体间的遗传变异较小,表现出较弱的分化。

表 5-8　青海湖裸鲤群体间的遗传分化及基因流

类别	总基因多样性(H_t)	群体内基因多样性(H_s)	基因流(N_m)
平均	0.3099	0.2801	4.9318
标准差	0.0309	0.0269	—

4. 群体间的亲缘关系及聚类分析

从图 5-5 的聚类分析和表 5-9 可看出,黑马河群体和布哈河群体的遗传相似性最高,布哈河与沙柳河群体次之,相似性最小的是黑马河与沙柳河群体。这可能是由于黑马河群体与布哈河群体的基因交流要比它们与沙柳河群体之间的交流更为频繁,所以聚类图上显示黑马河群体和布哈河群体的关系更近。

表 5-9　青海湖裸鲤群体间遗传距离和相似系数

群体	黑马河	布哈河	沙柳河
黑马河	—	0.9502	0.9312
布哈河	0.0511	—	0.9410
沙柳河	0.0713	0.0608	—

注:对角线以上为相似系数,对角线以下为遗传距离。

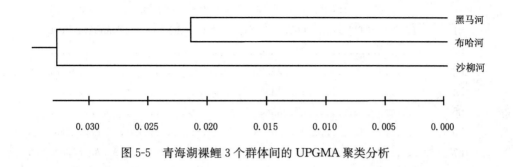

图 5-5　青海湖裸鲤 3 个群体间的 UPGMA 聚类分析

5.1.3　D-loop 分析

1. 序列多样性

利用 PCR 技术扩增青海湖 3 个不同地区(黑马河、布哈河、沙柳河)的青海湖裸鲤线粒体 D-loop 片段,测定该片段 1005bp 序列。经过序列比较分析,在 83 个个体中共产生了 65 个核苷酸位点的变异(图 5-6、图 5-7),其中有 1 个插入位点(s3,nt_569),2 个缺失(b6,s37,nt_169,nt_170),多态性位点数为 62。核苷酸多样性指数 P_i = 0.008 23,平均核苷酸差异数 K = 8.242。单倍型数 H = 71,单倍型多样性指数 H_d = 0.992。

[1]　nt_2	[2]　nt_12	[3]　nt_16	[4]　nt_28	[5]　nt_35
[6]　nt_36	[7]　nt_41	[8]　nt_46	[9]　nt_48	[10]　nt_50
[11]　nt_58	[12]　nt_78	[13]　nt_81	[14]　nt_106	[15]　nt_114
[16]　nt_121	[17]　nt_125	[18]　nt_145	[19]　nt_148	[20]　nt_169
[21]　nt_170	[22]　nt_179	[23]　nt_202	[24]　nt_222	[25]　nt_302
[26]　nt_307	[27]　nt_315	[28]　nt_323	[29]　nt_358	[30]　nt_364
[31]　nt_379	[32]　nt_396	[33]　nt_399	[34]　nt_401	[35]　nt_413
[36]　nt_432	[37]　nt_540	[38]　nt_550	[39]　nt_559	[40]　nt_569
[41]　nt_582	[42]　nt_597	[43]　nt_598	[44]　nt_606	[45]　nt_607
[46]　nt_610	[47]　nt_665	[48]　nt_668	[49]　nt_671	[50]　nt_688
[51]　nt_712	[52]　nt_741	[53]　nt_744	[54]　nt_750	[55]　nt_760
[56]　nt_761	[57]　nt_762	[58]　nt_777	[59]　nt_790	[60]　nt_846
[61]　nt_867	[62]　nt_878	[63]　nt_885	[64]　nt_934	[65]　nt_977

图 5-6　青海湖裸鲤所有个体产生核苷酸变异的位点

```
                 10        20        30        40        50        60
h1    CTTTCTTGCACTTTAACATATGGTCGTGTGCGATACACG–AGAGTTGGCTTTTGAAGATTGTGGC
h2    ....................AT..AAAC.........–...........................
h3    .......T...........AT..AA.CA..G....T.–.............A...ACAA.
h4    ..................TT..AAAC..A......A–..........C...............
h5    ....................AT..AAAC.........–GA.......................
h6    .......T...........AT..AAACA..GC...T.–.........A.....A...ACAA.
h7    .......T.....T...AT.TAAACA..GC.....–...A.......A..A...A.AA.
h8    .......T...........TC.AAACA..GC.....–...A....T......A.C.A.A..
h9    ........T..........AT..AAA....G...–.........................
h13   ....................AT..AAAC.........–GA.......................
h14s  ..A.T....C..C......C..AT..AAA.........–.......................
h15   ....A.......C......AT..AAAC.........–G...............C.....
h16   .AA.A.......C......AT..AAA.........–.........................
h17   ..A.A.......C...G...AT..AAA......T..–.......................
h18   ....A......CC...G...AT..AAAC.........–GA.....................
h19   .....G...C.GC....G...AT..AAAC..G....T.–..................G......
h20   ....A........G...AT..AAAC.........–G...C.....................
h21   ....A..........AT..AAA.........–G...........G..............
h22   ....A........AT..AAAC.........–G...C............G..........
h23   ........C...G...AT..AAA.........–...........................
h24   ..A....T...C.......AT..AAACA..GC...T.–....C........A...ACAA.
h25   ....................AT..AAA.........–.......................
h26   .ACA.......C...G...AT..AAA.........–.......................
h27   ....................AT..AAAC.........–GA.....................
h28   ...............G..AT..AAAC.........–.............C...........T
h29   ....................AT..AAAC.........–.............C...........T
h30   ..A.A..T...C....G...AT..AAACA..GC...T.–..................A...ACAA.
h31   ..A....T...C......AT..AAACA..GC...T.–..................A...ACAA.
h32   ..A.A.......C......AT..AAA.........–.......................
h33   ....A...............AT..AAAC.........–GA.....................
b2    ....................AT..AAAC.........–GA.....................
b4    ....................AT..AAA.........–.......................
b5    ...................T....AC....C...–.............C...........T
b6    ..................--AT..AAAC.........–.............C...........T
```

图 5-7　青海湖裸鲤所有个体的核苷酸替代情况

```
b7     ....................AT..AAA.........−..................
b8     ....................AT..AAAC........−G..................
b9     ....................AT..AAA.........−...................
b10    ....................AT..AAAC........−GA.................
b11    ....................AT..AA..........−...................
b12    ....................AT..AAAC......A−.........C..........
b13s   ..A........C......AT..AAAC.......−G..C.........C.......
b14    ....A............AT..AAAC.......−G...C.........C.......
b15    ..........C.T.....AT..AAAC...G.....−G.G................
b16    .......T..C......AT..AAACA..GC...T.−...............A..ACAA.
b17    ..........C......AT..AAAC...G.....−GA..................
b18    ....A.....C......AT..AAAC.........−GA..................
b19    ....A...T........AT..AAACA..GC...T.−...............A..ACAA.
b20    ..A.......C......AT..AAAC......A−...A..A...............
b21    ....A............AT..AAA..........−...................
b22    ....A...T........AT..AAAC...G.....−G...................
b23    ....A............AT..AAAC.........−G...................
b24    G.A...C.....C.....AT..AAAC........−GA.................
b25    ..A.A..C.C..C.T..G..AT..AAAC....C....−.........C.........T
b26    ..A.A...T...C..C.G..AT..AAACA..GC...T.−............A..ACAA.
b27    ...........G..AT..AAAC.........−GA....................
b28    ..A.A.......C...G..AT..AAAC.......−GA.........C........
b29    ..A.A...T...C...G..AT..AAACA..GC.....−...A.........A.C.A.AA.
b30    ....A.......C...G..AT..AAAC......A−.........C..........
b31    ....A............AT..AAAC....C....−.........C.........T
b32    ..A....C...C.....AT..AAA..........−...................
s1     ....................AT..AAA............................
s2     .......T.........AT..AAACA..GCG..T.−............A..ACAA.
s3     ....................AT..AAA......AG...CA...............
s4     ....................AT..AAA......−.....A...............
s5     ....................AT..AAA......T.−.............G.....
s6     ....................AT..AAAC......G..−GA...............
s21    ....A.....AC...G...AT..AAAC..A......A−.........C..........
s22    ..A...........G...AT..AAAC.........−GA.................
```

图 5-7 青海湖裸鲤所有个体的核苷酸替代情况（续）

```
s24    ..A.A......C...G...AT..AAAC.A.........-G.............G........
s25    ....A..C.C..C...G...AT..AAAC.........-..........C..........T
s27    ....A..C.C..C...G...AT..AAAC.........-G.......A.............
s29    ..A.A......C.....AT..AAAC.........-GA.........................
s30    ....A......C...G...AT..AAAC.........-G...C............C.....
s31    ....A......C.....AT..AAA..........-..........................
s33    ....A......C.....AT..AAAC.........-G...C............G.......
s34    ..A.A......C...G...AT..AAAC.........-G.......................
s35    ....A......C.....AT..AAAC.........-G...C............G.......
s36    ....A......C.....AT..AAAC..GC.....-G.G.......................
s37    ............--AT..AAA..........-.............................
s40    ....A......C...G...AT..AAAC..G...T.-...........G...........
s43    ..A.A......C.....AT..AAA.....................................
s44    ........T........AT..AAACA..GC.....-...A........A.C.A..AA.
s46    ....A...........AT..AAAC........A-.......A.................
```

图 5-7　青海湖裸鲤所有个体的核苷酸替代情况(续)

2. 群体内的序列多样性

1)沙柳河群体的序列多样性

在沙柳河群体内有 39 个核苷酸位点的变异。其中 1 个缺失(b6,nt_169),1 个插入(s3,nt_569)多态性位点数 39。$H=22$,$H_d=0.996$,$P_i=0.007\ 49$,$K=7.509\ 88$。

2)黑马河群体的序列多样性

黑马河群体共产生 51 个变异位点,没有插入与缺失,多态性位点数 49。$H=28$,$H_d=0.993\ 10$,$P_i=0.009\ 36$,$K=9.377\ 01$。

3)布哈河群体序列多样性

布哈河群体有 38 个变异位点,其中有 1 个缺失(s37,nt_170),多态性位点数 38。$H=27$,$H_d=0.990\ 80$,$P_i=0.007\ 77$,$K=7.781\ 61$。总地看来,黑马河群体遗传多样性明显较高,沙柳河群体与布哈河群体相当,多样性都要低一些(表 5-10)。

表 5-10　青海湖裸鲤各群体的遗传多样性参数比较

项目	沙柳河	黑马河	布哈河	合计
n	23	30	30	83
H	22	28	27	71
H_d	0.996	0.993	0.990 8	0.992

续表

项目	沙柳河	黑马河	布哈河	合计
S	39	49	38	62
K	7.510	9.377	7.782	8.242
P_i	0.007 49	0.009 36	0.007 77	0.008 23

注：n. 个体数；H. 单倍型数；H_d. 单倍型多样性指数；S. 多态性位点数；K. 平均核苷酸差异数；P_i. 核苷酸多样性指数。

3. 群体间的遗传分化

由表 5-11 可以看出青海湖裸鲤群体间的 mtDNA D-loop 区的核苷酸变异水平较高，群体间产生了比较弱的遗传分化。

表 5-11　青海湖裸鲤各群体间的遗传分化

群体 1	群体 2	H_s	K_s	K_{xy}	G_{st}	D_{xy}	D_a
黑马河	布哈河	0.991 95	8.579 31	8.476 67	0.010 93	0.008 46	0.000 08
黑马河	沙柳河	0.994 37	8.566 75	8.450 73	0.019 09	0.008 43	0.000 14
黑马河	沙柳河	0.993 05	7.663 69	7.569 57	0.014 23	0.007 55	0.000 10

注：H_s. 平均杂合度，K_s. 同义突变速率，K_{xy}. 平均核苷酸差异数，G_{st}. 基因分化指数，D_{xy}. 核苷酸分歧度，D_a. 核苷酸净遗传距离。

从各个群体间的遗传分化指数分析，黑马河群体与沙柳河群体间的分化程度较高，其次是沙柳河群体与布哈河群体，黑马河群体与布哈河群体间的分化最小。另外，根据 Nei（1982）方法计算得出青海湖裸鲤各群体间总的分化指数为0.019 26，基因流 12.73，各个繁殖群体间还具有一定程度的基因交流。

4. 群体间的亲缘关系及聚类分析

从图 5-8 的聚类分析和表 5-12（谢振宇等，2006）可看出，黑马河群体和布哈河群体的遗传相似性为最高，布哈河与沙柳河群体次之，相似性小的是黑马河与沙柳河。

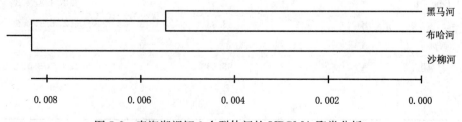

图 5-8　青海湖裸鲤 3 个群体间的 UPGMA 聚类分析

表 5-12　青海湖裸鲤种群参数(F_{st}值)

种群	黑马河	布哈河	泉吉河	沙柳河
黑马河	0.100 056	—		
泉吉河	0.016 98	0.290 65	—	—
沙柳河	−0.080 04	0.019 14	0.0677	—
青海湖	−0.043 04	0.024 05	0.148 14	−0.023 51

注:无显著性差异($P>0.05$)。

5.1.4　RFLP 分析

许生成等(2003)采用 PstⅠ、pvuⅡ、$Hind$Ⅲ、EcoRⅠ4 种限制酶,使用碱变性法从鱼卵中提取 mtDNA,研究了 20 尾青海湖裸鲤线粒体 DNA 的限制性片段长度多态性。共检测出 11 个酶切位点,发现 PstI 和 EcoRⅠ两种酶切类型具有多态性。

赵凯等(2001)采用 BclⅠ、AvaⅠ、BamHⅠ、PstⅠ、KpnⅠ、PvuⅡ共 6 种限制酶从肝脏中提取 mtDNA,分析了 15 尾青海湖裸鲤 mtDNA 的限制性片段长度多态性,共检测出 20 个酶切位点,发现 BclⅠ、BamH Ⅰ和 PvuⅡ三种酶切类型具有多态性(表 5-13)。根据不同个体 mtDNA 的酶切类型,青海湖裸鲤存在 4 种mtDNA单倍型(表 5-14),四种单倍型间的遗传距离(G)分别为 $G_{Ⅰ-Ⅱ}=0.021$、$G_{Ⅰ-Ⅲ}=0.011$、$G_{Ⅰ-Ⅳ}=0.035$、$G_{Ⅱ-Ⅲ}=0.038$、$G_{Ⅱ-Ⅳ}=0.10$、$G_{Ⅲ-Ⅳ}=0.018$,计算mtDNA 多态度 π 值为 0.0043。群体中 mtDNA 核苷酸歧异度(π 值)是衡量群体多态程度的重要指标,π 值越大,群体多态程度越高。青海湖裸鲤 mtDNA 多态性明显高于银鲷和长江中下游的鲢、鳙、草鱼、青鱼等,具有较丰富的 mtDNA 多态性。

表 5-13　限制酶酶切态型及频率

限制酶	态型	个体数	态型频率(%)	识别位点	酶切片段长度(kb)
AvaⅠ	A	15	100	1	16.4
BclⅠ	A	14	93.33	4	7.2, 5.7, 2.2, 1.6
	B		6.67	2	12.8, 3.9
BamHⅠ	A	13	86.67	3	7.2, 4.9, 4.3
	B	2	13.33	3	6.2, 5.5, 4.9
KpnⅠ	A	15		0	
PvuⅡ	A	14	93.33	4	5.8, 4.9, 3.0, 2.6
	B	1	6.67	3	7.3, 5.1, 4.0
PstⅠ		15		0	

表 5-14　单倍型的限制酶酶切态型

单倍型	Pvu II	Bcl I	Bam H I	Ava I	个体数	频率(%)
I	A	A	A	A	12	80
II	B	A	A	A	1	6.7
III	A	A	B	A	1	6.7
IV	A	B	B	A	1	6.7

5.1.5　细胞色素 b(Cyt b)分析

李太平和李均祥(2003)年对青海湖裸鲤线粒体 DNA 细胞色素 b 基因进行了 PCR 扩增、克隆及其序列测定,其全序列长度为 1140bp(图 5-9),Cyt b 基因片段中 A、T、C、G 碱基平均含量分别为 26.8 %、31.1 %、26 %、16.1 %。其中 A+T 含量(57.9 %)明显高于 G+C 含量(42.1 %)。

```
1     ATGGCAAGCC  TACGAAAAAC  TCACCCCCTA  ATTAAGATTG  CTAACAGTGC  ACTAGTTGAC
61    CTGCCAGCAC  CATCCAACAT  CTCAGCATGA  TGAAATTTTG  GCTCTCTTTT  AGGATTATGC
121   CTAGCCACTC  AAATCCTAAC  CGGCCTATTC  CTAGCCATAC  ACAATACCTC  AGACGTTTCA
181   ACCGCATTCT  CGTCAGTAGT  CCATATCTGT  CGGGACGTAA  ATTATGGCTG  ACTAATCCGT
241   AACGTACACG  CCAACGGAGC  ATCTTTCTTC  TTTATCTGCA  TTTATATACA  TATTGCCCGA
301   GGCCTATATT  ACGGATCCTA  CCTCTATAAG  GAAACCTGAA  ATATTGGTGT  CGTCCTTCTA
361   CTTCTTGTTA  TGATGACAGC  CTTCGTAGGA  TATGTCCTAC  CATGGGGTCA  AATATCTTTT
421   TGAGGTGCCA  CAGTAATTAC  AAATCTCCTA  TCCGCTGTGC  CATACGTAGG  TGATGTCCTA
481   GTCCAATGAA  TTTGAGGTGG  GTTCTCAGTA  GATAATGCAA  CGCTAACACG  ATTCTTGCAT
541   TTCACTTTCT  GTTTCCATTT  GTAATTGCTG  CTATAACCAT  CTTACACCTC  CTATTTTTAC
601   ATGAAACTGG  ATCAAATAAC  CCAATTGGGC  TCAACTCAGA  TGCAGATAAA  ATCCCCTTCC
661   ACCCATACTT  TACATATAAA  GATTTACTCG  GCTTCGTAAT  TATACTTTTT  TTACTTATGC
721   TTTTAGCACT  ATTTTCTCCG  AATCTGCTAG  GGGACCCAGA  AAACTTCACC  CCCGCCAACC
781   CACTGGTCAC  ACCACCACAC  ATTAAACCGG  AGTGATATTT  CCTGTTCGCC  TATGCCATCC
841   TACGATCTAT  CCCGAACAAG  CTTGGTGGTA  TACTTGCACT  ACTTTTTTCT  ATTCTAGTTT
901   TAATAGTTGT  GCCTCTGCTC  CACACCTCCA  AGCTACGCAG  ACTAACATTC  CGCCCAATCA
961   CCCAATTCTT  ATTCTGAACT  CTCGTGGCAG  ACATAATTAT  TTTAACATGA  ATTGGCGGCA
1021  TACCAGTAGA  ACACCCATTT  ATTATTATTG  GGCAAGTGGC  ATCCGCCCTA  TACTTTGCAC
1081  TGTTTCTCAT  TTTTATACCA  CTAGCAGGGT  GGGTAGAAAA  TAAAGCATTA  GAATTAGCCT
```

图 5-9　青海湖裸鲤线粒体 mtDNA 细胞色素 b 基因全序列

赵凯等(2006)对采自青海湖周边 5 条支流的青海湖裸鲤繁殖群体的 55 尾标本进行测定和分析,分析青海湖裸鲤的种群结构和遗传变异水平。结果显示,在 1140 bp 全序列中,保守位点 1122 个,变异位点 18 个,包括 7 个简约信息位点和 11

个单个变异位点。群体内有 17 个位点发生转换，仅 1 个位点发生了颠换。在全部
55 个个体中共检测出 17 个单倍型。青海湖裸鲤群体单倍型多样度(h)和核苷酸
变异度(π)分别为 0.7828±0.0532 和 0.002 05±0.001 26。与一般鲤科鱼类相
比，青海湖裸鲤的 π 值处于较低水平，表明其遗传多样性水平较低，推测其可能在
历史上遭受过严重的"瓶颈效应"。

采用 NJ 法构建了 17 个单倍型的关系树，来自青海湖裸鲤的 17 个单倍型没有
分化成不同的谱系，各枝的节点支持率均低于 50%，群体间的遗传变异值(F_{st})的
统计学检验差异均不显著($P > 0.05$)(表 5-15)，显示青海湖裸鲤种群在 Cyt b 水
平无显著的种群结构，各群体间存在广泛的基因交流。

表 5-15　不同样地青海湖裸鲤群体内遗传变异值(F_{st})

	沙柳河	泉吉河	布哈河	黑马河	小北河	青海湖湖北	青海湖湖东	青海湖湖南
沙柳河	—	−0.090 91	−0.137 50	−0.003 64	−0.044 92	−0.044 92	−0.076 92	−0.043 48
泉吉河	0.927 93	—	−0.074 42	0.082 35	−0.008 47	−0.158 62	−0.105 26	−0.070 27
布哈河	0.990 99	0.909 91	—	−0.007 55	−0.025 34	−0.086 49	−0.104 55	−0.100 00
黑马河	0.243 24	0.207 21	0.612 61	—	−0.041 98	0.093 33	−0.069 57	0.008 47
小北河	0.558 56	0.297 30	0.486 49	0.576 58	—	0.006 60	−0.097 09	0.008 47
青海湖湖北	0.756 76	0.990 99	0.801 80	0.261 26	0.396 40	—	−0.125 00	−0.083 87
青海湖湖东	0.990 99	0.801 80	0.990 99	0.675 68	0.918 92	0.990 99	—	−0.076 92
青海湖湖南	0.729 73	0.990 99	0.990 99	0.252 25	0.351 35	0.990 99	0.693 69	—

注：对角线以上为青海湖裸鲤种群遗传变异值(F_{st})；对角线以下为 10 000 次重复随机抽样单倍型重排
后显著性检验的 P 值。

5.1.6　蛋白质与同工酶分析

蛋白质和同工酶多态性是遗传多样性研究的重要标记。蛋白质电泳结果表
明，青海湖裸鲤存在很高的蛋白质生化多态性，青海湖区恶劣的气候条件是导致多
态性普遍的原因之一(周虞灿，1984)。张武学等(1994)采用聚丙烯酰胺电泳法对
青海湖裸鲤的心脏、肝脏等 11 种组织的乳酸脱氢酶(LDH)进行了研究，11 种组织
共显现出 15 条同工酶区带，以肝脏中显现得最多，8～14 条，鳔最少，6 条，青海湖
裸鲤的 LDH 至少受 3 个位点的基因调控，LDH 存在多态性。更多的研究显示，青

海湖裸鲤的血清及组织 LDH 共表现出 LDHF4、LDHA4、LDHA2B2、LDHB4 和 LDHE4 5 种主要同工酶，LDH 同工酶在种间和种内不同组织中均表现出分布特异性(李太平等,2001a;祁得林,2003)。青海湖裸鲤过氧化物酶(AMY)有 AMY_1、AMY_2 和 AMY_3 三种，其中 AMY_2 在个体间存在多态性(李太平等,2001b)。血清过氧化物酶(POD)具有复杂的带谱，共有五种多态型(祁得林和李军祥,2002)

孟鹏等(2007)使用水平淀粉凝胶电泳方法，分析了 20 尾青海湖裸鲤的背部肌肉、肝脏、心脏和肾脏 4 种不同组织的 13 种同工酶(LDH、MDH、ME、CAT、IDH、EST、ACP、POD、HK、PGM、GDH、SOD、GPI)差异表达，并对采自青海湖泉吉河、沙柳河、哈尔盖河、布哈河及甘子河五条支流的 250 尾青海湖裸鲤的遗传多样性进行了分析。结果显示，13 种酶类中 12 种在 4 种组织中表现出明显的组织差异性，仅有 ME 在 4 种组织间差异性较小。其中 HK 以及 GDH 的组织差异性尤为明显，仅在肝脏组织中表达。这种现象与不同组织在机体中的功能是密切相关的。

在对青海湖裸鲤的 13 种同工酶的检测中，共记录了 26 个位点，其中 Cat、Pgm、Est-1、Cdh、Hk、s-Mdh 6 个为多态性位点，五个群体的多态位点比例($P_{0.99}$)均为 23.08%。五条河道群体的各个遗传参数见表 5-16，其平均杂合度为 0.1247，Selander(1976)报道，14 种鱼类的多态位点比例平均为 30.6%，平均杂合度为 0.078。据 Buth(1983)报道，鲤科鱼类的平均杂合度为 0.052。Gvllensten(1985)报道洄游性鱼类的平均杂合度与淡水鱼类的相似，平均值为 0.041。与之相比，青海湖裸鲤的多态位点比例在鱼类种中属于中等水平，其杂合度在鱼类中处于较高水平，表明目前青海湖裸鲤具有较高的遗传多样性。除泉吉河群体外的其他四个群体的遗传偏离指数均为负值，说明了目前青海湖裸鲤的多数群体处于杂合子缺失状态，偏离了 Hardy-Weinberg 平衡，说明群体处于不稳定的遗传多样性状态，这对于青海湖裸鲤的种质资源的恢复和维护不利。

各个群体间的遗传距离(D)与遗传相似系数(I)见表 5-17。五个群体间的遗传相似系数变化范围为 0.9892～0.9977，五个群体间的遗传距离变化范围为 0.0023～0.0108。Shaklee 等 (1990)提出鱼类在属、种和种群三级水平上的遗传距离分别为 0.9、0.3 及 0.05 的分类依据，青海湖裸鲤五个群体间的遗传距离已达到种群的分类，显示青海湖裸鲤可能在一定程度上形成了固定的洄游路线。系统进化树结果显示青海湖裸鲤可分为两个群体，沙柳河群体、泉吉河群体和布哈河群体为同一个种群；甘子河群体与哈尔盖河群体为一个种群。这种分化方式与青海湖各个河道的地理位置有很密切的关系，五个群体的遗传距离与地理位置的远近表现出很强的正相关关系。

表5-16　青海湖裸鲤平均每个位点杂合度的观测值（H_o）、期望值（H_t）、等位基因有效数目（N_t）、

遗传偏离指数（d）及群体平均杂合度（H）

遗传变异参数	布哈河	沙柳河	甘子河	哈尔盖河	泉吉河
H_o	0.1100	0.1262	0.1123	0.1116	0.1300
H_t	0.1318	0.1317	0.1190	0.1173	0.1213
d	−0.1654	−0.0418	−0.0563	−0.0486	0.0717
N_t	1.3112	1.3069	1.2542	1.2492	1.2453
H	0.1305	0.1304	0.1178	0.1161	0.1287

表5-17　五个群体间的遗传相似系数和遗传距离

	布哈河	甘子河	沙柳河	泉吉河	哈尔盖
布哈河	—	0.9950	0.9961	0.9942	0.9950
甘子河	0.0051	—	0.9921	0.9919	0.9947
沙柳河	0.0040	0.0079	—	0.9977	0.9926
泉吉河	0.0059	0.0081	0.0023	—	0.9892
哈尔盖	0.0050	0.0053	0.0075	0.0108	—

注：对角线以上为遗传相似系数（I），对角线以下为遗传距离（D）。

5.1.7　遗传多样性评价

1. 总体遗传多样性

遗传多样性的研究是生物多样性研究的重要内容，只有通过遗传多样性的研究才能从本质上揭示物种多样性的起源、变异和进化。青海湖裸鲤是高度特化的裂腹鱼中的裸鲤属分布在青海湖地区的唯一种类。前期的一些研究主要是对形态特征、血清蛋白和同工酶的多态性分析（周虞灿，1984；张才骏等，1992；魏乐，2000）。从表型特征来看，青海湖裸鲤的种内变异性较大，如反映在摄食器官方面的鳃耙数、口的位置和肠的长短等的变异，与其生存环境中饵料生物贫乏而形成杂食性的特征相一致，另外，体形和体色也有很大的变异性。周虞灿（1984）对青海湖裸鲤的前清蛋白、运铁蛋白和血红蛋白的多态性进行了分析，发现这些蛋白在青海湖裸鲤群体中有较高的多态性分布，同时也发现青海湖裸鲤的前清蛋白与其他鱼类显著不同，具有明显的多态性，而其他鱼类尚无类似报道。张才骏等（1992）分析了12尾青海湖裸鲤11种组织的乳酸脱氢酶（LDH）同工酶谱，结果表明青海湖裸鲤的LDH同工酶带型丰富，各种组织器官的酶谱有较大差别，并具有明显的个体差异。魏乐（2000）比较青海湖裸鲤和鲤鱼血红蛋白电泳谱带的扫描结果，发现青

海湖裸鲤与鲤鱼同样具有较为稳定的谱带和较大的一致性,同时又具有微小的个体差异,但是两种鱼类之间存在较大差异,并认为这些电泳谱带可以作为一种遗传标志,在种类鉴别上有所帮助。

赵凯等(2001)采用 RAPD 方法对青海湖裸鲤和草鱼的基因组进行了群体水平的遗传变异比较,发现青海湖裸鲤比草鱼有更丰富的遗传变异,认为这或许与其栖息环境的特殊和不稳定有一定的关系。另外他还采用限制性片段长度多态性技术对青海湖裸鲤线粒体 DNA 的遗传多样性进行了研究,采用 6 种限制性内切酶共检测出 4 种单倍型。通过与其他研究的比较发现青海湖裸鲤也具有高于银鲴和长江中下游四大家鱼的遗传变异。

青海湖裸鲤的总基因多样性 H_t 为 0.3395(RAPD 法)和 0.3099(AFLP 法),与黄颡鱼(宋平等,2001)、普通鲫鱼和野生稀有鲌鲫(王剑伟等,2000)、鲶(赵文学等,2001)的遗传多样性相当,而高于长江鲟(张德春,2002)、褐首鲶(赵文学等,2001),说明该物种具有较高水平的遗传多样性,反映了青海湖裸鲤这种高原鱼类特殊的生命进化历程和适应高原复杂环境的能力。现有的资料表明,物种在形成时所处的条件越不稳定,就越具有广生性,它的形状和属性的变异幅度就越大。青海湖地区地处青藏高原,形成于第三纪末期开始的青藏高原的急剧隆升,在此过程中,由于环境条件发生显著改变,使原本生活于本地区温暖水域中原始鲃类(Barbinae)的某一类产生相应变化,随着地理或生境上的隔绝,逐步演化成适应高原寒冷环境的裂腹鱼类(陈宜瑜等,1996)。青海湖的显著特点是气候寒冷,年均气温低(约 5.2℃)、冰冻期长(5 个月),湖水溶氧量与生物营养元素含量较低,可供的饵料生物贫乏。也许正是这种复杂不稳定环境中长期的进化积累,使青海湖裸鲤形成了丰富的遗传多样性。总体上,从表型特征到蛋白质电泳结果、基因组 RAPD 分子标记以及 mtDNA 分子水平的遗传变异信息,都显示了在其种内存在着较大变异,表明青海湖裸鲤都具有丰富的遗传多样性。

2. 群体内基因多样性

青海湖裸鲤繁殖群体内的平均基因多样性 H_s 为 0.3027(RAPD 法)和 0.2805(AFLP 法),分别占总遗传变异的 89.2% 和 90.78%,表明遗传变异主要存在于繁殖群体内,繁殖群体间的基因变异较弱。

从 D-loop 分析结果来看,青海湖裸鲤 83 个个体 mtDNA 的 D-loop 区 1005bp 的总核苷酸突变位点为 65 个,说明该物种具有较高水平的遗传多样性和环境适应能力。另外,从 3 个繁殖洄游群体内部的核苷酸位点突变情况来看,沙柳河群体内有 39 个核苷酸位点的变异,黑马河群体共产生 51 个变异位点,布哈河群体有 38 个变异位点,分别只占总群体变异的 60%、78.5% 和 58.5%。表明遗传变异主要存在于群体内,群体间的基因变异较弱。

　　另外,布哈河群体的基因多样性水平最高,黑马河群体次之,沙柳河群体最低。这可能与洄游群体大小有一定关系,布哈河是青海湖最大的一条支流,每年溯河繁殖的裸鲤数量也是最大的。因而在洄游过程中有更大的可能把其他洄游群体的边缘个体卷入,从而发生更为广泛的基因交流,具有更高水平的基因多样性。而其他较小河流发生此类基因交流的机会较小,而具有较低水平的基因多样性。从三条河流的地理位置来看,布哈河位于黑马河与沙柳河之间,而更便于布哈河群体与另外两个群体进行基因交流,从而比其他两个群体具有更高的基因多样性水平。而沙柳河与黑马河、布哈河之间距离较远,可能会使该河的洄游群体与另外两条河流洄游群体间的基因交流较为困难,所以其基因多样性水平要低一些。此外,从3个群体所产生的多态性位点比例看,沙柳河群体也比其他两个群体具有更高的遗传均质性。

3. 群体间遗传分化

　　群体间的遗传距离以及种群分化指数是衡量群体多态程度的重要指标,二者的值越大,群体多态性程度越高。从表型特征来看,青海湖裸鲤种内变异性较大,如反映在摄食器官方面的鳃耙数、口的位置和肠的长短等差异,与其生存环境中饵料生物贫乏而形成杂食性特征相一致,另外体形和体色也有变异性(朱松泉和武云飞,1975)。王基琳(1975)调查分析了青海湖的浮游植物、浮游动物和底栖生物的种类及数量变动,发现这些饵料生物不论在种类还是数量上都比较贫乏,因此青海湖裸鲤只有通过拓宽食性和提高摄食强度来适应这种饵料环境。另外,青海湖裸鲤还以缓慢的生长速度来扩展种群数量,而相对减少饵料消耗。这种独特的适应方式使得青海湖裸鲤虽然经历了长期的进化,在种内积累了大量的变异,但不同群体间的分化不大,没有在长期的进化中发生分化形成比较近的亲缘种。

　　有学者利用遗传相似指数 IN 和遗传距离 D 值对物种的不同分类单位间的遗传变异水平作过定量性估计,并指出种群间遗传距离 D 值的范围是 0～0.05;亚种间是 0.02～2(根井正利,1975)。Shaklee 等(1982)综合已发表的资料,提出鱼类在属、种和种群三级水平上的遗传距离 D 值分别为 0.9,0.30 及 0.05 的分类判据。RAPD、AFLP 和 mtDNA D-loop 区序列分析统计结果均表明,青海湖裸鲤三个群体间的遗传平均距离为 0.05～0.1,黑马河群体与布哈河群体间的平均遗传距离最小,为 0.056 65(0.0557、0.0511、0.062 85),布哈河群体与沙柳河群体间的平均遗传距离次之,为 0.077 32(0.0608、0.0608、0.080 37),而黑马河群体与沙柳河群体的遗传平均距离最大,为 0.092 84(0.1002、0.0713、0.107 02),这反映出布哈河群体与黑马河群体间的基因流较与沙柳河群体间的基因流大,表明三个繁殖群体之间的遗传分化达到了种群的分化标准。从 D-loop 分析结果来看,3 个群体间的遗传平均距离为 0.01～0.02,黑马河群体与布哈河群体间的平均遗传距离最小(0.010 93),布哈河群体与沙柳河群体次之(0.014 23),而黑马河群体与沙柳河群体的遗传距离最大(0.019 09),这反映出布哈河群体与黑马河群体间的基因流较比沙柳河群体间的基因流大,其遗传分化达到了种群的分化标准。谢振宇等(2006)也对采自青海湖及其支流河流的 60 尾青海湖裸鲤样本进行了 D-loop 分析,成功提取 DNA 并扩增出了 639bp 的 D-loop 序列,通过 SSCP 分析发现了 9 个单倍型,各个单倍型间总共有 15 个变异位点,核苷酸多样性为 0.0067 ±0.001 56,单倍型多样性为 0.972 ±0.064,F_{st} 值的分析结果显示各种群间无统计学上的显著性差异,表明青海湖裸鲤种群间的 D-loop 差异水平不显著,未达到亚种的分化水平。

青海湖裸鲤种群分化程度与长江中游鲢鱼的群体遗传变异程度相当,而高于草鱼(张四明等,2001)。与辽河水系、珠江水系、长江上游和长江中游高体鳑鲏的地理种群分化相比较(易犁和王伟,2001),其遗传变异程度较小,群体间的分化程度不大。但是,考虑到这是在一个湖泊中的三个不同的生殖洄游群体间所产生的遗传分化,我们可以认为青海湖裸鲤已经建立起了一种相对稳定的生殖洄游模式,交配对象之间具有一定的相对稳定性。由此可以说明,由于青海湖裸鲤存在着生殖洄游的习性,而且洄游到不同的河流中进行产卵繁殖,因此洄游到同一河流里进行交配繁殖的群体内基因交流作用比较大,而洄游到不同河流进行繁殖的群体间的基因交流相对较小。

4. 遗传资源保护

物种的濒危原因主要是栖息地破坏、污染、生境退化和生物资源的过度利用。遗传变异丰富的种群在环境变迁中有较大的适应能力,但是过度的开发利用所导致的遗传多样性的丧失将危及其自身的延续能力,加快物种的濒危。因此,有计划地开发利用青海湖裸鲤资源,或采取建立基因库的保护办法,是保持其进化潜力,适应不同生境,以及可持续利用的前提。青海湖裸鲤的种群正处于剧烈衰退之中,影响了整个青海湖地区的国计民生。但是如何恢复其种群数量,怎样合理地进行种群数量的补充,特别是在不影响其自然的遗传性状和群体遗传多样性的前提下实现该种群的增长恢复。应该根据现有洄游生殖群体的规模以及遗传多样性分布模式提出一个客观的放流增殖和保护措施,维持其现有的基因交流模式和保证它的遗传多样性得以延续。

现在,青海湖每年都进行大量裸鲤人工增殖放流,但是人工增殖放流所有亲本均来自于沙柳河,随着时间的推移必将对青海湖裸鲤资源遗传结构产生影响。因此,在裸鲤人工增殖放流过程中,应采用多水系青海湖裸鲤亲本,同时加大对布哈河繁殖群体保护力度,监测各种资源恢复措施给青海湖裸鲤的遗传多样性所产生的影响,对种质资源的纯度和数量进行检验,只有这样才能有效保护和恢复青海湖裸鲤资源。

5.2　染色体及核型分析

染色体为细胞中最重要的遗传结构,往往被用作细胞遗传学分析的主要依据。祁得林(2004)对采用活体 PHA-秋水仙素注射法对采自青海湖裸鲤放流站的青海湖裸鲤进行了染色体核型分析,共观察了 8 尾青海湖裸鲤 16 个载片的 240 个中后期分裂相细胞,测量了 40 个分裂相细胞的染色体长(包括长臂、短臂和全长),进行统计分析,按 Levan 等(1964)标准进行染色体分类,臂比指数 $1.0 \sim 1.7$ 为 m,$1.7 \sim 3.0$ 为 sm,$3.0 \sim 7.0$ 为 st,7.0 以上为 t。

核型分析表明(表 5-18),青海湖裸鲤二倍体染色体数目为 $2n = 92(84.17\%)$,染色体分为 4 组,即第 $1 \sim 9$ 号为中着丝粒染色体(m 组),第 $10 \sim 18$ 号为近中着丝粒染色体(sm 组),第 $19 \sim 26$ 号为近端着丝粒染色体(st 组),第 $27 \sim 46$ 号为端着丝粒染色体(t 组),其核型式为:核型式为:18m ＋ 18sm ＋ 16st ＋ 40t,NF ＝ 128。在 m 组有三对相对较大的染色体:m1、m2 和 m3,sm1、sm2 及 t1 明显比同组染色体大。

表 5-18　青海湖裸鲤的染色体相对长度、臂比指数及其形态类型

染色体号	相对长度(%)	臂比指数	形态类型	染色体号	相对长度(%)	臂比指数	形态类型
1	2.44±0.25	1.03±0.12	m	12	1.35±0.05	2.00±0.06	sm
2	2.41±0.32	1.11±0.06	m	13	1.20±0.06	2.08±0.07	sm
3	1.80±0.18	1.00±0.07	m	14	1.05±0.18	2.50±0.11	sm
4	1.20±0.16	1.11±0.01	m	15	1.05±0.15	2.18±0.03	sm
5	1.17±0.15	1.05±0.03	m	16	0.90±0.11	2.00±0.02	sm
6	1.05±0.22	1.06±0.06	m	17	0.87±0.21	1.80±0.01	sm
7	0.90±0.05	1.00±0.07	m	18	0.84±0.08	1.89±0.07	sm
8	0.87±0.09	1.07±0.11	m	19	1.20±0.02	4.00±0.09	st
9	0.87±0.18	1.07±0.15	m	20	1.05±0.06	4.00±0.05	st
10	1.50±0.15	1.78±0.03	sm	21	0.09±0.05	3.29±0.09	st
11	1.50±0.16	1.94±0.05	sm	22	0.90±0.12	4.00±0.08	st

染色体号	相对长度（%）	臂比指数	形态类型	染色体号	相对长度（%）	臂比指数	形态类型
23	0.90±0.02	4.00±0.02	st	35	1.05±0.11		t
24	0.87±0.11	3.14±0.14	st	36	0.99±0.07		t
25	0.60±0.05	3.00±0.03	st	37	0.90±0.06		t
26	0.54±0.06	3.50±0.05	st	38	0.90±0.05		t
27	1.65±0.21		t	39	0.87±0.01		t
28	1.50±0.27		t	40	0.82±0.02		t
29	1.44±0.12		t	41	0.60±0.05		t
30	1.26±0.11		t	42	0.60±0.03		t
31	1.14±0.015		t	43	0.60±0.02		t
32	1.09±0.08		t	44	0.57±0.02		t
33	1.08±0.14		t	45	0.54±0.03		t
34	1.08±0.09		t	46	0.42±0.04		t

注：相对长度＝[单条染色体长度/（单倍常染色体长度＋X 染色体长度）]×100%；

　　臂比指数＝长臂长度/短臂长度。

闫学春等（2007）用同样的方法对采自青海湖湖区的 6 尾 1 龄鱼（平均体重 35g）进行了染色体核型分析，所得二倍体染色体数目与上述结果一致，但核型差别很大：32m＋22sm＋24st＋14t，NF＝146。作者认为产生这些差异的原因可能是处理方法上的差异造成的，用不同方法处理的不同细胞，其染色体的形态差异较大，有点状、哑铃状、X 状，即使采用同一种方法将同一批组织处理在同一张制片上，染色体形状和大小也有一定的差异。细胞生长的好坏、秋水仙素处理的时间等都会影响染色体形态，不同时期的分裂相其染色体的长短也各不相同，加上不同细胞所处的"微环境"各有差异，玻璃片不同点上的光滑、洁净程度不一，各细胞之间相邻的细胞、组织密度不同，以及染色体本身在铺展过程中的位置、角度等变化，造成观察到的染色体形态有所不同，如果观察足够的分裂相并测量，即可克服。

5.3　线粒体 DNA 的分子系统发育

赵凯（2001a）利用随机扩增多态 DNA （RAPD）标记技术分析鲤科裂腹鱼亚科的青海湖裸鲤与鲤亚科（Cyprininae）的鲤（*Cyprinus carpio*）、鲫（*Carassius auratus*）、雅罗鱼亚科（Leuciscinae）的草鱼（*Ctenopharyngodon idellus*）间的遗传关

系,探讨青海湖裸鲤系统分类位置,相似性系数和平均遗传距离(表5-19)。聚类结果显示(图5-10),同一鲤亚科的鲤和鲫鱼首先聚到了一起,保持最近的亲缘关系,而与其他亚科的鱼类均表现出较远的亲缘关系。裂腹鱼亚科的青海湖裸鲤与另两个鲤亚科三种鱼类之间的差异(0.8769、0.7145、0.6930)明显高于雅罗鱼亚科草鱼与鲤亚科鲤、鲫鱼之间的差异(0.4718、0.5218)。雅罗鱼亚科草鱼与鲤亚科鲤、鲫虽为不同的亚科鱼种,但所处的地理生态条件和长期人工选择的方向基本相同,相对来说遗传基础较为相近。而裂腹鱼亚科的青海湖裸鲤生活在高原封闭的咸水湖泊,其生存环境的显著特点是气候寒冷、年均气温低(约5.2℃)、冰冻期长(5个月)、湖水溶氧量与生物营养元素含量较低,可供的食料贫乏。青海湖裸鲤是鲤科鱼类分布在青海湖的唯一种类,与外界的长期隔绝加上复杂不稳定的高原环境,形成了与雅罗鱼亚科的草鱼和鲤亚科的鲤、鲫鱼较明显的遗传差异。

表5-19　鲤科四种鱼类随机扩增DNA片段相似性系数和遗传距离指数

样品	鲤	鲫鱼	青海湖裸鲤	草鱼
鲤	—	0.6130	0.2855	0.5282
鲫鱼	0.3870		0.3070	0.4782
青海湖裸鲤	0.7145	0.6930	—	0.1231
草鱼	0.4718	0.5218	0.8769	

注:对角线以上的数据表示片段相似性系数(S),对角线以下的数据表示遗传距离指数(D)。

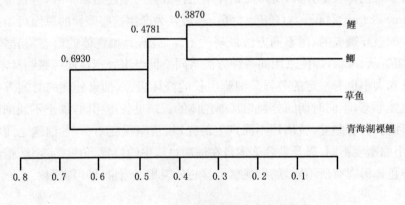

图5-10　4种鱼类的遗传距离聚类图

赵凯等(2005)年用Cyt b方法分析了青海湖裸鲤指名亚种、青海湖裸鲤甘子河亚种、黄河花斑裸鲤和柴达木花斑裸鲤的系统进化关系。在Jukes-Canter法构建的系统发育树中,青海湖裸鲤、甘子河裸鲤、斜口裸鲤和花斑裸鲤都没有形成各自的单系群,青海湖裸鲤与黄河花斑裸鲤中的一支关系密切,群体(谱系)间的净遗传距离和遗传变异(表 5-20)显示了与系统进化树相同的结果。

表 5-20　青海湖裸鲤和花斑裸鲤群体(谱系)间平均净遗传距离和遗传变异值

群体(谱系)	青海湖裸鲤指名亚种	青海湖裸鲤甘子河亚种	黄河花斑裸鲤(谱系 A)	黄河花斑裸鲤(谱系 B)	柴达木花斑裸鲤
青海湖裸鲤指名亚种	—	$0.1501(P<0.05)$	$1.058\,50(P<0.01)$	$6.4746(P<0.01)$	$76.844(P<0.01)$
青海湖裸鲤甘子河亚种	$0.0581(P\ll0.05)$		$1.8930(P<0.01)$	$6.8323(P<0.01)$	$77.246(P<0.01)$
黄河花斑裸鲤(谱系 A)	$0.4168(P<0.01)$	$0.4878(P<0.01)$		$6.9804(P<0.01)$	$77.908(P<0.01)$
黄河花斑裸鲤(谱系 B)	$0.7639(P<0.01)$	$0.8177(P<0.01)$	$0.8036(P<0.01)$	—	$72.176(P<0.01)$
柴达木花斑裸鲤	$0.9769(P<0.01)$	$0.9861(P<0.01)$	$0.9864(P<0.01)$	$0.9819(P<0.01)$	—

注:对角线以上为 Jukes-Canter 模型校正的群体间净遗传距离,$D_a=Pixy-(Pix+Piy)/2$;对角线以下为群体间的遗传变异值(F_{st})。

青海湖裸鲤与甘子河亚种间的 $N_m=8.1$,远大于 1,提示种群间广泛的基因交流,青海湖裸鲤与柴达木盆地格尔木河裸鲤群体间的 N_m 值为 0.012,揭示基因交流已在种群间长期受到限制。形态学研究认为青海湖裸鲤与来自黄河和格尔木河的花斑裸鲤互为单系群。Cyt b 基因序列资料中,一致的系统进化树、高的节点支持率和 AMOVA 种群参数都证明谱系的多样性能更好地反映青海湖裸鲤和花斑裸鲤种群的系统发育关系。青海湖裸鲤和黄河花斑裸鲤群体的单倍型在谱系 A 中相互交叉,可能表明这 2 个群体隔离较晚,但各自具有完全不同的单倍型又显示它们之间已出现遗传分化,表明地理隔离在群体的进化中起着重要作用。朱松泉和武云飞(1975)指出青海湖裸鲤可能与黄河花斑裸鲤为近缘种关系,因为历史上青海湖与古黄河相通。地质资料表明(李吉均等,2001),黄河源区的水系发育非常新近,约 1.2Ma(1Ma=100 万年) 前黄河出现在高原边缘,约 0.15Ma 发生的青藏高原"共和运动"使青海湖与古黄河的上游分离,黄河开始向源区浸蚀溯源。使青海湖与古黄河分离的青藏高原"共和运动"事件,可以很好地解释青海湖裸鲤和黄河花斑裸鲤隔离进化模式的形成。历史上,青海湖地区的裸鲤先后被描述了共 7 个种,朱松泉和武云飞(1975)将其归并为青海湖裸鲤一种,Cyt b 分析表明青海湖裸鲤在种的水平上没有显示分化,支持形态学结果。甘子河裸鲤亚种有 4 个单倍型与青海湖裸鲤指名亚种共享,一个特有单倍型(单倍型 3)在系统树上与其他单倍型交叉，特有单倍型与其他单倍型之间的序列差异(0.27%)也小于指名亚种群体内的序列差异(0.3%)，因而不支持青海湖裸鲤是一个多型种。地质资料表明(陈志明，1988)，甘子河与青海湖的隔离是非常新近的事件，即使隔离后仍存在由于洪水相互溢入的可能性，这也为鱼类的交流提供了条件，N_m 值基本上反映了这一情况。

朱松泉和武云飞(1975)认为甘子河裸鲤是由于青海湖与甘子河的隔离，由青海湖裸鲤的残留个体分化而来，而在赵凯(2005)的研究中，来自甘子河的全部 5 个单倍型，有 4 个与青海湖裸鲤指名亚种共享，认为黄河花斑裸鲤可能存在多个母系起源，青海湖裸鲤很可能来源于黄河花斑裸鲤的一支。"共和运动"是青藏高原隆升过程中的一次重要地质事件，青藏高原因"共和运动"而达到现在的高度，造成青海湖与古黄河上游贵德盆地和共和盆地的分离，在此之后，由于青海湖区断裂下陷，湖泊得到较好的发育，地理隔离逐渐替代了扩散而成为青海湖裸鲤进化的主要方式。

第6章 青海湖裸鲤资源量研究

20世纪70年代以来,不同学者对青海湖裸鲤资源进行了一系列研究。胡安等(1975)对青海湖裸鲤的资源现状及增殖途径进行了探讨,他们通过对1957年青海湖裸鲤开发之初到1970年的捕捞量以及渔获物组成的分析发现,青海湖裸鲤产量从1960年最高的28 523t,下降到1970年的4957t,平均尾重由1962年的0.625kg下降到1971年的0.325kg,认为青海湖裸鲤的生殖群体已遭到很大破坏,并提出了限制捕捞规格、捕捞数量和捕捞季节等恢复性措施。张玉书和陈瑷(1980)对青海湖裸鲤种群数量变动进行统计分析后,认为渔获物个体大小的下降是开发利用的正常现象,并不表明青海湖裸鲤资源的衰退,而且认为青海湖裸鲤有较强的群体补充能力,当时的捕捞强度适合于青海湖的渔业生产,并且还提出4800t的年捕捞量是适合的,能够满足群体补充的需要。赵利华(1982b)通过青海湖裸鲤开发利用初期(1962~1965年)与捕捞后期(1978~1980年)种群结构变异的比较研究认为,捕捞不但影响青海湖裸鲤年龄组结构变异,还间接通过生长加快、性成熟提前、繁殖力增加、性结构改变等,以自动机制调节方式,改善结构内在变化,与种群数量变动、食物条件改善相适应,补充捕去的部分,使种群得到复壮,增加潜能生殖力。他们仅从生物学和商品价值衡量,认为捕捞体长240~270mm以下的群体不适宜,建议适当放大网目(当时网目为0.7cm),但就捕捞强度和捕捞量对资源量的影响分析不足。事实上,自1958年大量开发以来,由于管理不善,捕捞强度过大,导致资源量急剧下降,破坏了青海湖裸鲤群体的自身平衡能力,渔民捕捞量持续下降,渔获个体逐年变小,到1985年全湖鱼产量比1984年减少45%。为确保水产资源的持续利用,维护青海湖的生态平衡,1986~1989年,青海省人民政府对青海湖采取封湖育鱼3年的措施,在此期间实行限额捕捞。陈民琦等1990年对封湖前后裸鲤种群结构变化的研究,发现经过封湖青海湖裸鲤的种群数量得到明显的提高,但其平均绝对繁殖力和相对繁殖力仍明显高于1980年。据此认为封湖育鱼有明显成效,对促进资源的回升起到一定的作用,但是繁殖力的提高还是说明青海湖裸鲤资源已遭到极为严重的破坏,虽经3年的封湖育鱼,但青海湖裸鲤群体数量仍未达到青海湖生态平衡的自然结构,封湖育鱼的力度还需加大。

史建全等(2000c)对青海湖裸鲤资源评析发现渔获物明显小型化,20世纪60年代渔获物平均体长288mm,平均年龄10龄;70~80年代渔获物平均体长

269mm,平均年龄 8 龄；90 年代渔获物平均体长 140mm,平均年龄 5 龄。单位捕捞努力量下降,60 年代单位捕捞努力量 2.57t/hp[①];70～80 年代单位捕捞努力量 1.78 t/hp;90 年代单位捕捞努力量 1.02t/hp。渔获量急剧下降,60 年代年均渔获量 10 762t;70～80 年代年均渔获量 3862t;进入 90 年代后更是急剧下降,90 年代年均渔获量 2263t;到 1999 年全湖鱼产量仅有 807t,资源蕴藏量估计还不足 3000t,不到开发初期的 20%,青海湖裸鲤资源处于严重衰竭之中,已不具有开发能力,并建议进行全面禁湖。从 1986 年开始,青海省政府先后 3 次决定对青海湖封湖育鱼,但效果并不明显,裸鲤资源继续衰退,种群结构发生变异,这种危机引起了社会各界的关注。从 2001 年 1 月 1 日起,青海省政府决定第四次实施封湖育鱼计划,封湖期为 10 年。因此,准确评估青海湖裸鲤资源量及封湖育鱼效果,对拯救青海湖裸鲤资源,保护青海湖"鱼鸟共生"的生态平衡具有重要意义。

对资源量的研究有多种方法:根据卵和仔鱼的估算方法过多依靠理论计算,并受到很多不确定因素的影响;标志放流需要大规模标记和足够的回捕数量;年龄结构分析需要处理和鉴定大量的年龄材料。这些在实际应用时都存在一定的困难。比较而言,渔获物体长股分析方法估算资源量具有采样工作量小、数据结构简单等特点。近年来,国外广泛利用水声学评估鱼类资源量,该法已被证明是渔业资源调查和评估的有效手段,这种方法与通常的调查方法比较,具有直接、迅速、调查区域广、不损坏生物资源、提供可持续的数据等优点。而且,这种方法不仅能够探明资源量,还能够反映出鱼类在水中的空间分布情况。

尽管史建全等(2000c)曾对青海湖裸鲤资源量进行了评估,但对其在湖中的分布、不同区域的分布是否存在差异等没有进行研究。为此,2002～2006 年对青海湖裸鲤资源量进行了 6 次水声学探测,描述了青海湖裸鲤的时空分布特征,探讨了导致其时空分布的成因,并评估了其种群生物量。青海湖鱼类区系由裸鲤属的青海湖裸鲤和条鳅属的斯氏条鳅、背斑条鳅、硬刺条鳅和隆头条鳅组成,其鱼类区系组成简单,属于中亚高山复合体系。在青海湖鱼类组成中,青海湖裸鲤占 95% 以上(张金兰和覃永生,1997),因此在讨论青海湖鱼类的时空分布上的变化时,密度分布的差异就可以看做是青海湖裸鲤一种鱼的差异,不存在种类组成的变化。

6.1 资源量研究方法

6.1.1 仪器设备

2002 年 7 月和 10 月、2003 年 8 月、2004 年 8 月调查时,鱼探系统由 FUSO—

---

① 1hp(英制马力)=0.746 千瓦,后同。

405 回声探测仪、KGP—97 型 GPS 导航仪、数据采集仪（A/D 转换）以及计算机组成。FUSO—405 回声探测仪换能器的工作频率为 120kHz，探测张角为 17°，手动方式或自动方式调节增益系数。GPS 导航仪数据传输采取 NMEA—0183 的编码格式。采用 Intel Pentium Ⅲ(r)、128MB RAM 笔记本电脑，通过程序记录探测路线、航程以及回波信号。计算机分别通过并口和串口接受数据采集仪和 GPS 导航仪的信号。计算机操作平台为 Windows me 中文版，软件开发平台为 Visual C++或 Visual Basic 6.0 中文企业版。软件附带青海湖的电子地图，实时显示探测船只的探测路线。声纳探头固定在考察船左舷。

2006 年 8 月调查时，使用了 EY60 回声探测仪和 60CS 型 GPS 导航仪。EY60 回声探测仪工作频率为 200kHz，探测张角为 17°，精确度为 0.012m。数据的分析采用 ER60 和 Sonar5。调查船长 23.1m，宽 5.5m，吃水 1.6m，排水量 40t，动力 183.75ku，航行速度大约 8km/h。

6.1.2　探测路线和频次

采用"zig-zag"路线探测（彩图 6-1）于 2002 年 7 月和 10 月、2003 年 8 月、2004 年 8 月和 2006 年 8 月共进行了 5 次探测（表 6-1）。

表 6-1　青海湖水生学探测时间及天气状况

日期(年.月.日)	航程(km)	水温(℃)	天气
2002.7.12	164.9	17.4	晴
2002.10.9~10	357.8	11.5	晴
2003.8.6	151.0	16.3	小雨
2004.8.24~25	194.95	15.8	晴
2006.8.16~19	306	16.1	晴

6.1.3　垂直探测

探头置于水下 0.3m，方向垂直向下，为避免声纳探头自发噪声的影响，只统计水面下 1.5m 至湖底的数据。将探测水深记为 h，探测截面面积 s 由下式计算：$s = (h^2 - 1.5^2)\tan(17°/2)$。

6.1.4　采样单元划分和采样点定位

以 5km 为单位将采样点之间的距离分段，共得到 174 个采样单元。用笔记本电脑记录 KGP—97 型 GPS 导航仪获得的 GPS 位点数据，并将每个采样单元中心的 GPS 位点数据作为该采样单元的定位依据。

6.1.5　各采样单元的鱼类密度和生物量计算

根据记录,分别统计每个采样单元探测到的鱼类个数。如将表层各采样单元探测到的鱼类个数记为 n,探测水面的体积为 v,对应的鱼类密度(ind/1000m³)为 $d=n/1000v$,其余类推。根据鱼类的密度和水体的体积可以得出鱼类的数量,然后根据采集样本的平均体重计算出鱼类的总重量。

6.1.6　驱赶系数的确立

由于裸鲤对行进的船只有回避行为,根据探测仪计算出来的数据较实际小,因此要考虑船的驱赶系数。在同一个水域,将船静止时探测鱼的密度记为 $d1$,船运动时鱼的密度记为 $d2$,驱赶系数 $a=d1/d2$。鱼类的密度和生物量都要在原来的基础上乘以驱赶系数。

6.1.7　数据分析

分别对各月份表层、中层和底层的鱼类密度进行配对样本 t 检验分析,比较鱼类在表层、中层和底层分布的差异及其变化。分别对不同月份表层、中层和底层的鱼类密度进行方差分析,比较不同区域鱼类水平分布是否有显著性差异(图 6-2)。对各月份表层、中层和底层的鱼类密度与水深、离岸距离作相关分析和二元回归分析,分析鱼类分布是否与水深、离岸距离有关。计算各月份表层、中底层和整个水层鱼类密度的变异系数(方差/平均值,即 s^2/m),根据孙儒泳种群分布型的划分标准(孙儒泳,1987)分析青海湖中鱼类种群分布的类型。$s^2/m=0$,种群属于均匀分布;$s^2/m=1$,种群属于随机分布;$s^2/m>1$,种群属于成群分布。数据的分析使用 Statistica 6.0 软件。

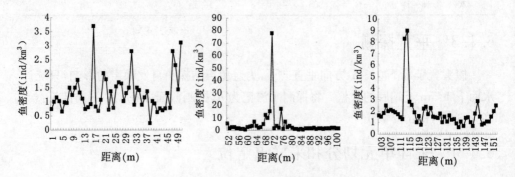

图 6-2　2006 年 8 月青海湖裸鲤的水平分布

6.2　青海湖裸鲤的垂直分布

由于青海湖平均水深 19m,在分析数据时将其分为表层(1～7m)、中层(7～13m)和下层(13～19m)。2002～2004 年不同水层青海湖裸鲤密度的方差分析结果见表 6-2 至表 6-5。2002 年 7 月,不同水层鱼类密度存在较大的差异,表层和下层鱼类密度有极显著差异($F=20.612,P=0.001$),中层和下层鱼类密度有显著差异($F=6.891,P=0.025$),中层和表层鱼类密度没有显著的差异($F=1.463,P=0.258$)。可见,7 月青海湖裸鲤的密度分布表层＞中层＞底层,鱼类主要分布在中上层。10 月不同水层青海湖裸鲤的密度不存在显著差异,但鱼类密度分布表现为:底层＞表层鱼＞中层。2003 年 8 月,不同水层青海湖裸鲤的鱼类密度不存在显著差异,但底层鱼的密度＞中层鱼的密度＞表层鱼的密度。2004 年 8 月不同水层青海湖裸鲤的密度不存在显著差异,其中,中层鱼的密度＞底层＞表层。而2006 年 8 月,表层鱼类密度大于中层和底层。

表 6-2　2002 年 7 月不同水层鱼类密度的方差分析

水层	表层	中层	底层
表层	—	$F=1.463$ $P=0.258$	$F=20.612$ $P=0.001**$
中层	$F=1.463$ $P=0.257$	—	$F=6.891$ $P=0.025*$
底层	$F=20.612$ $P=0.001**$	$F=6.891$ $P=0.025*$	—

＊显著差异($P<0.05$);＊＊极显著差异($P<0.01$)。

表 6-3　2002 年 10 月不同水层鱼类密度的方差分析

水层	表层	中层	底层
表层	—	$F=0.005$ $P=0.950$	$F=0.338$ $P=0.575$
中层	$F=0.005$ $P=0.950$	—	$F=1.150$ $P=0.309$
底层	$F=0.338$ $P=0.575$	$F=1.150$ $P=0.309$	—

表 6-4　2003 年 8 月不同水层鱼类密度的方差分析

水层	表层	中层	底层
表层	—	$F=1.595$ $P=0.238$	$F=1.928$ $P=0.198$
中层	$F=1.595$ $P=0.238$	—	$F=0.054$ $P=0.821$
底层	$F=1.928$ $P=0.198$	$F=0.054$ $P=0.821$	—

表 6-5　2004 年 8 月不同水层鱼类密度的方差分析

水层	表层	中层	底层
表层	—	$F=0.386$ $P=0.548$	$F=1.553$ $P=0.241$
中层	$F=0.386$ $P=0.548$	—	$F=2.779$ $P=0.126$
底层	$F=1.553$ $P=0.241$	$F=2.779$ $P=0.126$	—

6.3　青海湖裸鲤的水平分布

统计结果表明,对于单元表层鱼类密度,2002 年 7 月与 2003 年 8 月、2004 年 8 月有显著差异(P 分别为 0.011 和 0.013)、7 月和 10 月有显著差异($P=0.015$)。总体上,表层鱼类密度 2002 年 7 月 $>$ 2002 年 10 月 $>$ 2003 年 8 月 $>$ 2004 年 8 月。

对于中层鱼类密度,2002 年 7 月与 2003 年 8 月有极显著差异($P=0.006$),2002 年 7 月与 2004 年 8 月有显著差异($P=0.047$),2003 年 8 月与 2002 年 10 月有显著差异($P=0.016$)。总体上,中层鱼类密度 2004 年 8 月 $>$ 2003 年 8 月 $>$ 2002 年 10 月 $>$ 2002 年 7 月。

对于中层鱼类密度,2002 年 7 月和 2003 和 2004 年 8 月有极显著差异($P=0.000$ 和 0.003),2002 年 7 月和 2002 年 10 月有显著差异($P=0.017$),总体上中层鱼类密度 2003 年 8 月 $>$ 2004 年 8 月 $>$ 2002 年 10 月 $>$ 2002 年 7 月。

各月份表层、中层、下层鱼的密度与水深、离岸距离的相关系数较小,没有达到显著性相关的水平,这进一步说明青海湖裸鲤的水平分布与水深、离岸距离没有明显的相关关系。但是在 7 月产卵季节,鱼类在黑马河和布哈河河口的密度极显著高于其他地方($P<0.01$),10 月的时候在鸟岛周围的区域鱼类的密度极显著高于其他地方($P<0.01$)。

2006 年 8 月,青海湖裸鲤在湖中表现出对称性分布。深水区的密度变化范围为 0.74~59.8ind/km³,平均密度为 1.08ind/km³,而在河口区的密度为 0.132~

5.12 和 9.67ind/km³。青海湖裸鲤的密度分布在深水区要低于浅水区,布哈河河口区域的密度最大。这说明青海湖裸鲤的水平分布与产卵、越冬等行为有明显的关系。

6.4　青海湖裸鲤的分布类型

2002 年 7 月,表层、中层、下层和整个水层鱼类密度的变异系数分别为 0.058、0.096、0.001 和 0.124;2002 年 10 月,表层、中层、下层和整个水层鱼类密度的变异系数分别为0.101、0.008、0.037 和 0.041;2003 年 8 月,表层、中层、下层和整个水层鱼类密度的变异系数分别为 0.176、0.011、0.041 和 0.044;2004 年 8 月,表层、中层、下层和整个水层鱼类密度的变异系数分别为 0.093、0.071、0.011 和 0.052;按照 Sun(2001)种群分布型的划分标准,青海湖裸鲤在各个水层和整个水层的分布趋向于均匀分布,属于均匀分布类型。然而,表层鱼类密度的变异系数变动比其他水层剧烈。

6.5　青海湖裸鲤种群生物量

2002～2006 年青海湖裸鲤生物量的季节变化见表 6-6。2002 年 7 月鱼类的密度范围为 0.002～1.683ind/1000m³,平均值(0.046±0.124)ind/1000m³。2002 年10 月密度范围为 0.020～1.253ind/1000m³,平均值(0.117±0.080)ind/1000m³。2003 年 8 月密度范围为 0.039～1.085ind/1000m³,平均值(0.139±0.093)ind/1000m³。2004 年 8 月密度范围为 0.032～1.275ind/1000m³,平均值(0.142±0.103)ind/1000m³。2006 年 8 月深水区鱼类密度范围为 0.74～5.98ind/1000m³,平均值 1.08ind/1000m³;而在河口地区鱼类密度范围为 0.132～5.12ind/1000m³,平均值 9.67ind/1000m³。

2002 年 7 月、2002 年 10 月、2003 年 8 月、2004 年 8 月、2006 年 8 月五个时段探测的青海湖裸鲤的种群数量分别为 3.687×10⁶ ind、9.473×10⁶ ind、11.143×10⁶ ind、12.022×10⁶ind 和 27.9×10⁶ ind。该时段青海湖裸鲤的平均体重分别为(100.6±46.0)g(n=878)、(110.6±41.2)g(n=212)、(122.8±31.9)g(n=354)、(176.85±76.8)g(n=474)和(232.1±95.8)g(n=526)。由此推算相应时段青海湖裸鲤的种群生物量分别为 345.34t、1007.20t、1315.68t、2126.27t 和 6472.03t。由于驱赶系数为 2.36,对以上数据进行校正后,青海湖裸鲤五个时段的种群数量分别为 8.702×10⁶ ind、22.356×10⁶ ind、26.297×10⁶ ind、28.373×10⁶ ind 和65.8×10⁶ind,相应的种群生物量分别为 815t、2377t、3105t、5018t 和 15 274t。

表 6-6 2002～2006 年青海湖裸鲤的种群生物量

时间(年.月)		平均密度 (ind/1000m³)	平均体长 (mm)	平均体重 (g)	种群数量 (ind)	种群生物量 (t)
2002.7		0.046±0.124	202.9±56.0 (n=878)	100.6± 46.0(n=878)	8.702×10⁶	815
2002.10		0.117±0.080	214.6±50.2 (n=212)	110.6±41.2 (n=212)	22.356×10⁶	2377
2003.8		0.139±0.093	222.8±34.3 (n=354)	122.8± 31.9(n=354)	26.297×10⁶	3105
2004.8		0.142±0.103	254.2±88.7 (n=474)	176.85±76.8 (n=474)	28.373×10⁶	5018
2006.8	深水区	1.08	280.4±104.4 (n=526)	232.1±95.8 (n=526)	65.8×10⁶	15 274
	河口区	9.67				

6.6 讨论

6.6.1 青海湖裸鲤的资源恢复

青海湖裸鲤在青海湖地区具有重要的经济价值,但其繁殖力却很低。20 世纪 90 年代以来,青海湖裸鲤资源严重衰竭,青海省政府决定 2001～2010 年青海湖实施禁渔,在这期间评估青海湖裸鲤的资源量具有重要意义。本研究水声学探测的结果表明,2002～2006 年青海湖裸鲤的数量呈上升趋势,表明封湖禁渔的措施是有效的。种群数量的增加可能是补充群体的增加引起的,而种群生物量的增加可能与青海湖裸鲤个体大小的增大有关。

6.6.2 青海湖裸鲤时空变化的影响因子

通常,引起湖泊鱼类空间密度分布差异的主要有水深、离岸距离、植被状况、浮游生物、底质特点、风力的大小和方向等因素(Tameishi et al.,1996;刘建康,1990;刘建康和何碧梧,1992;谢松光,1999)。7 月鱼类在上层的密度和下层的密度、中层的密度和下层的密度有显著差异,而其他 2 个月没有这种现象,这可能是由于鱼刚产完卵,在中上层摄食引起的,这和 Pitcher 和 Parrish(1993)在加拿大的河流中发现索饵洄游会产生鱼类分布的空间异质性相一致(Gaudreau and Boisclair,1998)。此外,Røttingen(1989)对栖息于挪威北部春季产卵的鲱鱼重复水声学调查也表明,在 1～2 日时间间隔内丰度估计值的变化可能是 1.06～2.14 倍。

而鱼类水平分布的差异,可能是由于产完卵后的鱼群随着环境的改变,在水层中趋向于正常情况下的分布状态。二元回归统计分析没有能证明青海湖裸鲤的分布与离岸距离、水深等因素有关,而不同水层鱼的密度与水深有比较复杂的关系,这些可能都是与鱼类的均匀分布有关。7月,河口有大量鱼群聚集是鱼类上溯到淡水中产卵引起的,10月鸟岛周围有大量鱼群聚集是鱼类越冬引起的。

关于青海湖裸鲤资源量评估各月数据有一定的差别也是可以理解的,首先,不同月份鱼的平均重量不一样,7月的鱼类大部分产完卵,体重较小,10月的鱼类经过一段时间的肥育后,体重有所增加,此外,10月的鱼类有好多性腺是第Ⅳ期的,平均体重肯定比7月大,2003年和2004年的鱼由于经过一段肥育的时间,故体重有所增长;其次,由于7月有很多鱼上溯产卵,在青海湖的几个支流和湖区比较浅的地方有很多要产卵和产完卵的鱼类,而由于仪器的精度和水太浅船不能经过这些地方的原因不能在这些地方探测,所以7月鱼的密度比其他的月份低,评估的资源量也就少,而8月的资源量最多是因为产卵的鱼回到湖区了,分布也趋于正常,还和青海湖封湖育鱼的保护措施的力度加大,对鱼类资源起到了一定的保护作用以及人工放放流有关。关于青海湖裸鲤资源量的研究,仅史建全等(2000c)用单位捕捞努力量对裸鲤资源量进行了评估:1998年资源量2743t,1999年资源量不足3000t。该方法对资源量的估算由于没有包括被偷捕的鱼和被水鸟等吃掉的重量在内,应该比实际蕴藏量小。

6.6.3　水声学评估的准确性

水声学在资源评估、水利设施过鱼效果的评价、鱼类分布和洄游等方面有很广阔的应用前景,又由于其经济、方便、高效、对鱼群没有不利影响的优点广范应用于海洋、河流和水库(Kubecka and Ducan,1998;Ehrenberg and Steig,2003)。诚然,鱼类资源的水声学探测还受到众多因素的干扰。仪器性能、鱼类行为、环境噪音等对调查的结果有一定的影响。但是仪器的性能和探测技术也有了长足的发展:早期利用双波或裂波技术、宽波多频技术以及狭波回声信号分析技术,现在随着仪器性能的显著改善,超声波的发射、接收已经数字化,内部噪音降低,回波信号检测灵敏度大幅度提高。当然,鱼类种群丰度的水声学估计应与其他独立的调查方法相比较,并与渔业活动结合以提高调查评估的准确性。在资源评估的时候,仪器一经选择,性能就固定了,而此时对鱼类的一些习性的了解,尤其是对声音的反应,会使结果更接近实际。通过带特定鱼群整合软件的计算机处理系统,Freon等(1996)在地中海夜间记录到结构松散、形状不规则的小型鱼群,白天记录到分布广、形状规则的高密度大型鱼群。Swartzman(1992)用回声整合技术调查白令海狭鳕与水深、水温关系时,发现在深70~130 m的水域鱼类密度最高。Soria等在地中海调查时发现秘鲁鳀(*Engraulis ringens*)、大西洋鲱(*Clupea harengus*)鱼群在距离调查船 70m 时有侧向回避行为,因而使回声探测仪所记录到的鱼群较实际的小(Soria,1996);Mous 在面积 480km² ,深 3～9m 的 Lsselmeer 湖区进行水声学探测时,观察到沙丁鱼(*Sardina pilchardus*)对探测船只明显的回避行为。尽管对青海湖裸鲤的回避行为了解较少,但从目前了解的情况来看,青海湖裸鲤对探测船的回避行为存在。因此,在估算青海湖裸鲤资源量时,对这种可能存在的偏差进行了实验和校正,以期资源量的估算于实际较吻合。

第7章 青海湖裸鲤保护与管理

青海湖是我国最大的内陆咸水湖泊,其独特的自然生态环境和生物多样性,构成了特殊类型的生物圈,具有特殊的生态、科研、经济意义和保护价值。青海湖于1992年被列入国际重要湿地名录,1997年被国务院批准为国家级自然保护区。青海湖湖泊生态以水生生物－鱼类－鸟类－草原为主,青海湖不仅以盛产青海湖裸鲤(湟鱼)闻名于世,而且是我国八大鸟类重点保护区之一,每年有数10万只鸟类在此栖息。受自然环境条件变化和人为活动的综合影响,青海湖及其环湖地区的生态环境急剧恶化,具体表现为湖区水位明显下降、渔业资源濒临枯竭、鸟类栖息环境恶化、湖区沙漠化趋势加剧、草场植被破坏严重等一系列的生态环境问题,由此对整个青海湖地区的自然、社会和经济的可持续发展产生了严重的负面影响。青海湖裸鲤资源保护与恢复是青海湖生态环境综合治理的关键,青海湖渔业生态环境的修复将会对青海湖生态环境综合治理产生非常积极的影响。

7.1 保护管理的现状

7.1.1 实施禁渔制度

1980年,《青海省(水产资源繁殖保护条例)实施细则》颁布。1982年,《青海湖渔业资源增殖保护实施办法》颁布,规定每年的4～8月为禁渔期,划定了青海湖裸鲤的产卵河道、距湖岸3km以内的水域和三块石至沙陀寺一线以西水域为禁渔区,严禁一切捕捞活动。1992年,《青海省实施(中华人民共和国渔业法)办法》颁布。为加强渔业资源的保护管理,1985年以来先后成立了青海湖渔政管理总站及其下属的青海湖哈尔盖、江西沟和布哈河水上派出所,成立了环湖共和、天俊、刚察和海晏渔政管理站。1998年成立了青海湖水上公安局,把青海湖渔业资源管理纳入了公安程序,为青海湖渔业资源保护管理提供了法律保障。

1982年11月起,青海湖先后进行了四次封湖育鱼。第一次:1982年11月～1984年11月,禁止冬季一切捕捞活动,限产4000t;第二次:1986年11月～1989年10月,在冬季禁捕的基础上,非禁渔期只能在深水区进行捕捞,限产2000t;第三次:1994年12月～2000年12月,限产700t,但连续7年的休渔并没有使青海湖裸鲤资源衰退的趋势得到有效的遏制,青海湖裸鲤资源保护与恢复任务更加艰巨,必须在禁渔的基础上采取保护栖息环境、开展增殖放流等综合措施来加强资源保护。

青海省政府决定对青海湖实行第四次封湖育鱼,封湖期为2001年1月1日~2010年12月31日,明确实行零捕捞,规定封湖期间,禁止任何单位、集体和个人到青海湖及湖区主要河流及其支流青海湖裸鲤产卵场所捕捞青海湖裸鲤。禁止任何单位、集体和个人以任何方式收购、拉运、储存、贩卖青海湖裸鲤。禁止青海湖裸鲤及其制品在市场上销售,宾馆、饭店等不得加工销售青海湖裸鲤。任何单位和个人不得在青海湖渔业水域所属产卵场、繁殖区和洄游河道建造拦河闸坝、引水渠道、水库等水利工程。禁止向青海湖及其支流排放污染物,违者依法追究法律责任。因养殖、科研等特殊需要,必须在湖区内捕捞青海湖裸鲤的,须经省渔业行政主管部门批准。2004年青海湖裸鲤的资源量超过5000t,比1999年增长了67%。青海湖裸鲤资源量的增加,表明青海省采取综合措施、封湖育鱼取得了初步成效。

7.1.2 人工繁殖成功

20世纪60、70年代,中国科学院西北高原生物研究所开始进行青海湖裸鲤人工繁殖试验,80年代初,青海湖裸鲤被引入内蒙古黄旗海人工繁殖成功。1990~1991年,青海省水产研究所和联合国粮食及农业组织援助项目"青海湖渔业资源调查"项目组分别进行了青海湖裸鲤的人工繁殖试验,成活率均达75%。1996~1998年,青海湖鱼类原种良种场对青海湖裸鲤的人工繁殖技术进行了详尽的研究,苗种繁殖、孵化和培育技术,授精率、孵化率、出苗率平均达到80%以上。闫保国等(2006)从青海省青海湖裸鲤原种场引进青海湖裸鲤仔鱼,在全淡水中采用微流水环境中培育至性成熟,2006年经过人工催产,可以进行繁殖,孵化率最高可达80%。

7.1.3 增殖放流

青海湖裸鲤救护中心下属的青海湖裸鲤人工增殖放流站地处青海省海北州刚察县沙柳河畔,建于1997年,占地30亩①,建设有工厂化鱼苗孵化车间570m²、增温室1000m²、亲鱼暂养池和微循环流水鱼苗培育池共4口300m²,以及其他附属配套设施,办公室及职工宿舍28间共416m²,辅助用房6间。肩负青海湖裸鲤的亲本采集、人工孵化、资源救护、产卵期水情预报、产卵亲鱼生态观测、放流鱼类生活史监测和增殖放流任务。

针对青海湖裸鲤资源严重衰退的趋势,2002~2009年青海湖裸鲤救护中心累

---

① 1亩≈667m²,后同。

计已向青海湖增殖放流青海湖裸鲤原种种苗 4800 万尾(表 7-1),其中,2002~2003年放流水花 930 万尾,2004~2009 年放流 1 龄鱼种 3870 万尾,这对恢复青海湖裸鲤资源,促进湖泊生态系统良性循环具有重要意义。

表 7-1　2002~2009 年青海湖裸鲤增殖放流情况

年度	放流量(万尾)	规格	放流时间
2002	330	体长 1.2cm、体重 0.0077g	8 月
2003	600	体长 1.2cm、体重 0.0077g	8 月 2 日
2004	570	体长 2.5cm	7 月 29 日、8 月 3 日
2005	600	体长 7.0cm、体重 3.0g	8 月 6 日
2006	700	体长 7.5cm、体重 3.8g	8 月 11 日
2007	600	体长 7.5cm、体重 3.5g	7 月 28 日
2008	700	体长 7.5cm、体重 3.8g	6 月 28 日至 8 月
2009	700	体长 7.5cm、体重 3.8g	6 月 4 日至 8 月

7.1.4　修建过鱼设施

20 世纪 60、70 年代由于农业生产的需要在沙柳河、泉吉河等入湖河流上的拦河坝建设促进了地方农业的发展,但同时也阻断了青海湖裸鲤产卵亲鱼的洄游通道,沙柳河全长 106km 仅余不足 20km 河道可用于青海湖裸鲤洄游繁殖,泉吉河60km 河道也仅余 10km 左右河道可进行青海湖裸鲤产卵。亲鱼不能上溯洄游,致使原本因环境变化而日趋萎缩的产卵场、索饵场,因人为因素进而大面积减少,造成青海湖裸鲤自然补充群体的急剧减少和渔业生态环境的退化。拦河大坝使大量的亲鱼不能上溯产卵而聚集在拦河坝下,导致搁浅甚至死亡。1995 年,青海湖最大的入湖河流——布哈河因断流造成 300t 亲鱼死亡;2001 年,青海湖入湖河流——沙柳河因断流造成了 135t 亲鱼死亡。为解决滞留在坝下的青海湖裸鲤亲鱼顺利上溯完成产卵活动,2006 年青海省发展计划委员会立项在青海湖的泉吉河、沙柳河、哈尔盖河各产卵河道各修建了 4 座鱼道(张宏和史建全,2009),较好解决了渔、农用水的问题,鱼道的建设贯通了青海湖裸鲤洄游通道,极大改善了产卵场、索饵场的空间。

7.1.5　建立保护区

青海湖国家级自然保护区范围包括青海湖整个水域及鸟类繁殖、栖息的岛屿、滩涂和湖岸湿地,其核心区面积 4952km²,其中水域面积 4283km²。保护区始建于1975 年,1976 年建立管理站,1984 年晋升为管理处,1992 年被列入《关于特别是作为水禽栖息地的国际重要湿地公约(拉姆萨公约)》国际重要湿地名录。1997年12月经国务院批准,晋升为国家级自然保护区。保护区的主要保护对象是高原湖泊湿地生态系统及保护区内珍稀濒危野生动植物资源及其生存环境,保持生态平衡,维持高原湿地生态系统及其自然景观,保护其生物多样性。保护区的建设,将为青海湖湖区及其支流生态环境取得有效保护,为青海湖裸鲤的生存和繁殖提供良好的生境,有利于促进青海湖裸鲤资源的恢复与保护。

2007年,农业部批准建立了青海湖裸鲤国家级水产种质资源保护区,主要保护对象包括青海湖裸鲤及硬刺条鳅、斯氏条鳅、背斑条鳅和隆头条鳅。保护区总面积为3 385 700hm^2,其中核心区面积为425 600hm^2,占保护区总面积的12.53%;实验区面积为2 970 100hm^2,占保护区总面积的87.47%。核心区主要包括青海湖主湖体,湖岸线全长360km。主要是青海湖裸鲤、甘子河裸鲤、四种条鳅生存的区域。实验区主要包括青海湖流域所属河流、草甸,其中布哈河300km、吉尔孟河112km、泉吉河65km、沙柳河106km、哈尔盖河110km,共960km。主要是青海湖裸鲤洄游产卵的区域。具体保护目标为:在保护区各主要产卵河道设立观测站;在刚察裸鲤人工放流站内,建设亲鱼救护池;在保护区主要交通要道、旅游区、村庄,设置宣传牌,加强《中华人民共和国渔业法》和《中华人民共和国野生动物保护法》的宣传,以不同的标语、图案提示人们自觉地加入到保护生态的行列中来,达到保护水生动物资源的目的;在核心区安装围栏,实行封闭式管理,减少人类活动对亲鱼产卵的影响;加强裸鲤人工驯养、孵化、培育,放流入河道,增加裸鲤种群数量。

7.1.6　建立青海湖裸鲤救护中心

1997年,由农业部和国家计划委员会立项,在海北州刚察县建立了青海湖裸鲤人工放流站,经过几年的试运行,自2002年以来,已成功向青海湖放流裸鲤原种鱼苗4800万尾。

1997年8月由农业部和全国水产原(良)种审定委员会对青海省鱼类原种良种场进行全面验收,综合考评合格,晋升为国家级水产原种场。主要任务是搜集、整理、保存青海湖裸鲤的原种,为增殖放流、增加青海湖裸鲤资源量提供原种。

2003年7月由青海省编制委员会批复,将上述两个单位合并组建青海湖裸鲤救护中心,肩负青海湖裸鲤的原种保存、种质检测、资源救护、增殖放流、生态环境及渔业资源普查监测任务。为青海湖渔业资源增殖保护和恢复发挥积极作用。

2006年青海省农牧厅立项批准青海湖裸鲤救护中心迁址扩建项目,主要建设内容有:综合实验楼,工厂化繁育车间,设施渔业养殖基础,原种保存池,种苗培育池,水化、生物、生化遗传、种质检测、资源动态监测实验室,标本、科普、教学培训设施等,为青海湖渔业生态的保护建立起科技支撑平台。

青海湖裸鲤救护中心在青海湖裸鲤原种的保护和保存方面做了大量的工作：①对青海湖裸鲤原种采用了池塘、大水面原种保存、产卵亲鱼救护和增殖放流恢复资源等多种途径进行了原种保存，取得了一定效果。50 亩原种池保存原种亲鱼7000 组，8000 亩洱海天然种质库保存原种亲本 1.5 万组，经测量，保存的原种亲本平均体长 28.34cm，体重 336.85g，其他形态结构指标均符合原种标准。近几年来，由于天气干旱，洄游到布哈河等河流产卵的亲鱼因河水断流，阻断了产卵后亲鱼回归青海湖，原种场共抢救产卵回湖亲鱼 200t 左右，约 160 万尾。②原种场经过一期、二期工程建设，原种保存的基础设施已基本配套、完善。建成洱海天然种质库一处，面积 8000 亩；建鱼池 27 口，面积 108 亩；苗种繁育车间 1000m² 以及其他配套设施，这些设施运转良好，在完成原种保存、苗种繁育增殖放流以及产卵亲鱼救护等方面发挥了重要作用。档案室、化验室和标本室三室配套，原种保存等技术资料已建档，完成了青海湖裸鲤国家种质标准的制订，并已公布。③对在特殊环境下生存的青海湖裸鲤特异种质及湖内青海湖裸鲤资源变化趋势进行了研究，从 2002年开始与美国及国内有关科研机构和大学，在省科技厅的支持下设立多项课题，实行多学科联合检测监测，这些研究工作为提高原种保护能力和水平奠定了基础。

7.2 面临的主要问题

7.2.1 自然因素

1. 湖区水位下降

青海湖作为我国最大的内陆咸水湖泊，其自然生态环境的独特性构成了青海湖区最为独特的高寒生态系统。青海湖的主要补给水源是高山融雪和降水，近年来，气候干旱变暖、植被的破坏使入湖河流流量不断减少，导致河流干涸、断流频繁发生，经常出现季节性断流。流入青海湖的水量现在只有 15 亿 m³ 左右，加上降水补给 15.57 亿 m³，地下水补给 4 亿 m³，总补给为 34.93 亿 m³。而湖区风大蒸发快，每年蒸发量 39.3 亿 m³，年均损失 4.37 亿 m³。耕作灌溉、农田用水等人为耗水更分流了大量的入湖水量，导致青海湖水量严重入不敷出，水位平均每年下降9.6～12.7cm。

青海湖水位逐年下降，河流水量的减少使水体萎缩，湖水矿化度升高。据测定，青海湖的含盐量由 60 年代初的 12.49g/L，增加到 2001 年的 16g/L，pH 由 9.0上升到 9.2，碱度明显升高，严重影响水生饵料生物及鱼类的生长和发育，由此导致饵料生物种类减少（张金兰和覃永生，1997；史建全等，2004a）。湖水含盐量和碱度的继续增高直接威胁着青海湖裸鲤的生存环境和种群的繁衍增殖。水体污染在某种程度上对生态环境造成了极大的破坏。青海湖水体及河流水体是无污染的水体,水体洁净,青海湖裸鲤的生长发育不受影响。但自80年代以来,每年均有多次由于羊药浴后的药液排入河道及湖中,使青海湖裸鲤产卵亲鱼中毒死亡事故发生,造成资源的严重损失。青海湖水位的持续下降,水面萎缩,造成产卵场缩小,产卵鱼群因水浅不能进入各河道产卵场产卵繁殖。

2. 环湖沼泽萎缩

由于大气降水逐年减少,环湖地区的沼泽面积不断缩小,沙漠面积日益扩大。沼泽主要分布于湖滨、三角洲及河流两侧的低洼地带,有30余处。据记载,1986年沼泽面积193km²,比1956年减少61km²,已经干枯的有7处;1956年沙柳河口的沼泽面积50km²,至1986年已缩小到20km²,30年间减少了30km²,平均每年减少1km²(周立华,1993)。沼泽地里的浮游动物、藻类、昆虫残体和植物碎屑等可随河水汇入青海湖,为青海湖裸鲤生长和发育提供必需的饵料。由于沼泽减少,影响鱼类饵料生物的供给。1956~1986年青海湖水域面积减少279km²,使沙地增加了279km²。而且日益扩大的裸露湖底,其松散的沙砾使湖周沙源不断增加,导致沙漠面积扩大,目前每年达3.9km²。土地沙化不仅埋没了大面积的草场,对湖体也直接造成危害,缩短湖泊寿命。

3. 环境污染加剧

青海湖流域人口的增长和旅游者的逐年增多,生产、生活中产生的污染物也日益增加。据了解,每年流域内排放入河的医疗污水超过2万t;区内工业企业污水总量近60万t,其中直接排放入河约17万t;另外,生活垃圾、污水、采矿处理物、建筑废弃物、牲畜加工药物废液、农牧业生产中施用化肥、农药、杀虫剂、杀鼠剂等也对青海湖区造成一定污染。例如,青海湖东的洱海,因受纳上游倒淌河地区牲畜加工、工业、生产污水排水,污染较重,几近一塘死水,过去可见的几种高原鳅也已消失。此外,人们对不可降解工业产品(如塑料制品)的使用增多,乱加抛弃随处可见,与青湖海蓝天碧水的景色不相协调。青海湖流域的环境污染尚不严重,但已见苗头,也应引起重视,尽早于防范。

4. 水土流失严重

由于植被的破坏,尤其是20世纪50~60年代的开荒及对河道两侧灌丛植被的砍挖,使河道侵蚀及湖区水土流失现象十分严重。据水文站资料,布哈河河流泥沙含量平均达7.57kg/m³,洪水期含量更高(周立华,1993)。每年有35.77万t泥沙随河入湖,使河口三角洲的泥沙堆积每年以 200m 的速度向湖中推进,致使鸟岛与陆地连成一片。由于河口泥沙的堆积,抬高入口,水流呈扇形分流,造成来水量减小时,达不到青海湖裸鲤产卵条件,影响产卵亲鱼的上溯洄游。

5. 鸟类捕食

青海湖区内有鸟类 164 种,10 万多只,占全省鸟类种类的一半以上,其中属国家级保护的种类 35 种。闻名中外的鸟岛是保护区的核心,每年有数以万计的鸬鹚、鱼鸥和棕头鸥等食鱼鸟类在这量栖息繁衍,对青海湖裸鲤数量影响很大。

7.2.2　人为干扰

1. 拦河筑坝

由于拦河筑坝导致青海湖裸鲤的产卵场面积大为萎缩。尤其是沙柳河、泉吉河、哈尔盖河等河流上的拦河筑坝,阻断了青海湖裸鲤产卵繁殖和通道,使天然产卵场遭到毁灭性的破坏。更为严重的是,拦河大坝使大量的亲鱼不能上溯产卵而聚集在拦河坝下,导致最终搁浅缺氧死亡。1995 年青海湖最大的入海河流布哈河因断流造成 300t 亲鱼死亡;2001 年,沙柳河因断流造成了近 60t 亲鱼死亡。布哈河目前的产卵河道只有 60km 长,较之筑坝前减少了 70km;沙柳河目前的产卵河道仅长 16km,较之筑坝前缩减了 44km;泉吉河、哈尔盖河等其他河流在 20 世纪 60 年代还是青海湖裸鲤的重要产卵场,目前已丧失了产卵场的功能。

2. 农业灌溉引水

青海湖鱼类产卵季节,也正是农耕地浇灌时,此期河道入湖水量锐减,并受拦河坝阻碍,许多成熟的青海湖裸鲤亲鱼无法上溯到河道产卵场中繁殖,有些即使完成了繁殖,也无法返游湖中。1998 年 6 月初在布哈河和 2001 年 7 月初在沙柳河,先后发生惨重的死鱼事件,估计各有近 500t 鱼死亡。这两次事件与农鱼争水存在极大关系。2003 年 6 月 13、14 日青海湖地区布哈河、沙柳河发生不同程度地断流后,青海湖裸鲤又一重要产卵河流泉吉河也发生了断流,造成大量洄游产卵亲鱼搁浅被困。泉吉河水量突然骤减、水位下降,河道出现大面积断流,造成大量产卵亲鱼被困。据不完全统计,仅在 20 多个洼坑被困的亲鱼就有近百吨。如据调查,造成这次断流的主要原因是不合理用水。泉吉河上建有用来进行农业灌溉、人畜饮水和砖瓦厂等用水的引水渠。此时,正值农业用水高峰,而目前的灌溉依然采取原始的大水漫灌方式进行,造成该河大量来水被截流,下泻水量不足。另外,青海湖区干旱的气候以及泉吉河上游地区的植被破坏严重,也是造成该河水源涵养功能下降,水量不稳定,出现暴涨骤减现象和容易发生断流的重要原因。

随着湖区经济社会的发展,流域人口数量由 20 世纪 50 年代的 2 万增加到目前的约 8 万,耕地面积增加到 $1.79 \times 10^4 \mathrm{hm}^2$(2005 年),居民的生活用水和耕地的农业用水,特别是北部湖区大部分农田的灌溉用水,主要取自沙柳河、哈尔盖河、布哈河等,必然引起入湖水量的分流和减少,影响青海湖裸鲤的繁殖活动。

3. 非法捕捞

青海湖裸鲤自 1957 年开发以来,已累计产鱼 20.8 万 t,1994 年鱼产量约占青海全省鱼产量的 90%。青海湖裸鲤资源利用经历了三个阶段,1957~1959 年产量低,资源未充分开发利用;1960~1962 年产量最高,是开发初期进行强度捕捞的结果,虽然获得高产,但已经捕捞过度;1963 年以后产量急剧下降,资源逐年衰退。单位网产量由 1960 年的几万公斤,到 1970 年后只有几千公斤,甚至空网。渔获个体也逐年变小,1962 年渔获个体平均体长 360mm,平均体重 625g;1975 年平均体长 260mm,平均体重 302g;1985 年平均体长 218mm,平均体重 119g(史建全等,2000c)。从 20 世纪 80 年代开始,过度捕捞和偷捕滥捞现象趋于严重,尤其是在产卵期间,大量的亲鱼聚集在河口地区被偷捕人员抢捕一空,使青海湖裸鲤资源量锐减。青海湖裸鲤产卵量减少导致种群后备补充群体也急剧减少,给资源增殖恢复造成了极大的困难。湖周围的偷捕现象未得到有效控制,尤其在每年青海湖裸鲤溯河产卵季节,大批渔民在河道中大量捕获产卵亲鱼,产卵群体严重减少,导致青海湖裸鲤资源量锐减。

7.3　保护措施与对策

由于青海湖地处高寒,水温常年偏低,湖中饵料贫乏,青海湖裸鲤生长非常缓慢且怀卵量少,成活率也较低。自 1958 年大量开发以来,因管理不善,捕捞强度过大,使资源量急剧下降。目前青海湖裸鲤资源正面临着衰竭的危险,它的衰竭不仅是我国生物多样性及渔业种质资源的重大损失,而且将导致整个青海湖生态系统的崩溃,最终使青海湖从"高原明珠"沦落为"死湖"。同时也严重破坏青海湖"鱼鸟共生"的生态平衡,影响到以青海湖及鸟岛而闻名的青海旅游业的发展。青海湖裸鲤资源保护,对保护我国特有鱼类种质资源、维护地区生态平衡、促进湖区渔业资源可持续利用具有重要意义。

7.3.1　就地保护措施

1. 继续封湖育鱼

以《中华人民共和国渔业法》为依据,修订《青海省渔业法实施细则》,制定《青海湖水域环境监督管理条例》,完善青海湖渔业生态环境保护和管理的法规、规章及配套制度。加强立法,用法律形式将青海湖裸鲤划定为濒危物种,同时划定青海湖裸鲤产卵场繁殖自然保护区,以法律形势保护青海湖裸鲤产卵场。增加必要的设备条件,改善现有的渔政基础设施。认真贯彻"依法治渔、依法兴渔"的方针,严格执行青海省人民政府于 2001 年 1 月 1 日颁布了《关于继续对青海湖实行封湖育鱼的通告》要求,继续做好全面封湖育鱼工作。渔政部门要加大执法力度,严厉打击偷捕活动,搞好青海湖裸鲤产卵场保护,使渔业资源和渔业环境得到有效保护。同时环保、草原、土地、水利等部门要各负其责,相互协调,齐抓共管,进行综合治理,维护生态平衡,使青海湖渔业资源得到有效的保护。

2. 加强增殖放流力度

增殖放流是一项能快速补充生物群体数量,稳定物种种群结构,增加水生生物多样性的重要途径,对防止物种灭绝,保持生物多样性具有重要作用。开展青海湖裸鲤增殖放流是补救因产卵场缩小而减少青海湖裸鲤苗种数量的一种有效的方法,也是恢复与扩大青海湖裸鲤种群资源数量及再生能力的最佳途径。目前青海湖裸鲤的亲鱼捕捞、鱼卵采集、人工授精、人工孵化、鱼苗培育和人工放流等各个环节的技术都较成熟,对实现增殖和恢复青海湖的渔业资源具有重要意义。

现有的青海湖裸鲤人工放流站规模小,设施不完善,应尽快扩建完善,以保证年放流量达到 2000 万尾以上的规模。由于三个繁殖群体有一定的分化,以达到种群的分化标准,表现出三个系群的特征(陈大庆,2004),应该在三条河流分别建立增殖放流站。与此同时,开展人工养殖,建立青海湖裸鲤亲鱼培育保种基地,形成年培育性成熟 5000 组后备亲鱼的培育能力,以保证产卵青海湖裸鲤繁殖群体的来源和质量,为增殖放流提供稳定种原基地。

3. 修建和完善鱼道设施

拦河筑坝阻断了青海湖裸鲤产卵繁殖通道,为使青海湖裸鲤能够顺利到达产卵场,在环湖已筑拦河坝的河流上应修建过鱼通道,以扩大青海湖裸鲤的产卵场。在各支流河口要实施疏通工程,防止亲鱼进入支流后因水位波动搁浅死亡,保证产卵亲鱼全部在主河道产卵繁殖。目前,已在泉吉河、沙柳河和哈尔盖河各产卵河道各修建了4座鱼道,应根据实际使用效果,对鱼道设施进行完善,更好地发挥其作用。建议在其他主要产卵河道青海湖裸鲤洄游受阻的河段修建过鱼设施,保证青海湖裸鲤顺利完成溯河洄游。此外,在保证青海湖裸鲤顺利完成河湖洄游的同时,要采取防范措施,防止青海湖裸鲤产卵亲鱼、鱼苗和幼鱼等随灌引水而误入农田。

4. 加强保护区建设与管理

保护区是保护濒危物种种群及其栖息地的最佳形式,目前,在青海湖先后建立了青海湖国家级自然保护区和青海湖裸鲤国家级水产种质资源保护区,这为青海湖裸鲤种群恢复和资源保护提供了有利条件。建立自然保护区本身并不能确保保护区内的物种和生物多样性就可得到有效保护,自然保护区的保护是通过管理来实现的,因此要加强保护的建设和管理。特别是要加强青海湖裸鲤国家级水产种质资源保护区的建设与管理,该保护区核心区主要包括青海湖主湖体,实验区主要包括青海湖流域所属河流、草甸,包括了青海湖裸鲤洄游产卵的区域:其中布哈河286.0km、沙柳河109.5km、泉吉河63.4km、黑马河17.2km。

对于青海湖裸鲤国家级水产种质资源保护区,应增加基建和设备投入,在裸鲤主要产卵河道黑马河、泉吉河、布哈河、沙柳河建设观测站各一座;建设亲鱼救护、暂养池设施;在布哈河、沙柳河、黑马河、泉吉河等主要产卵河道设置网围栏共60km;配套孵化设施,加大人工增殖放流力度,争取年度放流2000万尾;添置资源监测仪、生态观测仪和水化、生物检测仪器设备,以及野外工作设备(观测望远镜、录像、通讯、发电、帐篷、生活用具等设备)、捕捞网具、巡护车等。

5. 实施工程引水措施

青海湖的河流和地下水是青海湖的主要淡水来源,大面积的开荒造田和不合理的引水灌溉造成大量的淡水不能入湖,加之自然蒸发量的损耗,增加了湖水的含盐量和碱度,导致青海湖湖水的盐碱化。因此,要加强对农田、草原灌溉用水的控制和管理,已修建的拦河大坝要补建放水节制闸,严禁在布哈河、沙柳河、哈尔盖河、泉吉河、黑马河等河流上新建拦河大坝。

青海湖地区是缺水区,水资源的匮乏不仅造成青海湖水入不敷出,水位持续下降,而且严重制约湖区生态环境的保护与改善。湖盆邻近地区有大通河水系、龙羊峡水库,以及布哈河上游大量的固体水源——冰川,相对来说这些水资源比较丰富,可在充分论证和合理规划的基础上引调一部分水,济入青海湖,使水量得以平衡。实施跨流域调水工程,对遏制湖泊水位下降,对植被浇灌和工农牧业生产用水改善也将起到积极的作用。引调大通河水,即“引大济湖”工程,20世纪50~60年代做了大量的前期工作,因多种原因而停工。如引大通河水与哈尔盖河上游连接,入注青海湖,不但能使哈尔盖河成为青海湖第一大青海湖裸鲤产卵场,还可以缓解青海湖水位持续下降。引(抽)调黄河水济湖,龙羊峡水库设计库容 250 亿 m^3,枯水期蓄水量也有 100 多亿 m^3,从该库年引调 10 亿~15 亿 m^3 水量,对水库的发电生产影响不大。龙羊峡到倒淌河的公路里程只有 40 多 km,工程路线不长,可予以考虑。同时要利用好现有水资源,有计划地取水用水,实行定额灌溉和水资源的有偿使用,禁止任意截流,从而制止湖泊水位下降,改善湖区生态环境,促进生态环境保护和可持续发展。

6. 生态综合治理

实施退耕还林还草、水体保持、草场围栏、天然林资源保护、天然草地恢复与建设等生态综合治理措施。禁止在河流上游地区建筑拦水坝等工程措施,保持河流正常的水文功能和生态健康,增加水资源量;保护和恢复沟谷滩地及河流岸边的湿地植被;控制河道两侧草地的放牧强度,保护和改善湿地周边草地生态环境;建立河流生态功能保护区,减少人类活动的干扰,增加湿地生物多样性;加强环保宣传,禁止向河道中排放各种污染物及垃圾杂物,保证入湖河流的水质健康;对青海湖环湖河流进行彻底整治,最终拆除所有河流上的拦水大坝,疏通青海湖裸鲤的产卵洄游通道,从根本上解决青海湖裸鲤天然产卵场的问题。

7.3.2　迁地保护措施

1. 人工繁殖和原种场建设

青海湖裸鲤原种场始建于 1985 年,1997 年由农业部审核批准为国家级水产原种场,全场占地 $1.6 \times 10^5 m^2$,有综合实验楼 $2 \times 10^3 m^2$,职工宿舍 $6.2 \times 10^2 m^2$,辅助用房 $1.3 \times 10^3 m^2$,鱼池 13 口,净水面 $4.0 \times 10^4 m^2$,1 座工厂化鱼苗培育车间 $1.7 \times 10^3 m^2$,并以面积为 $5 \times 10^6 m^2$ 的青海湖湖东洱海作为青海湖裸鲤原种保种基地。青海湖裸鲤原种场肩负青海湖裸鲤的原种保存、种苗培育、淡水全人工养殖及工厂育苗工作,在青海湖裸鲤种质资源保护和增殖放流等方面发挥着重要作用。应加大投资力度,扩大原种场规模,购置先进的仪器设施,加强管理,加强与国内外科研机构和大学的合作,加强自身技术队伍建设,充分发挥青海湖裸鲤原种场的各种功能。

2. 迁地保护研究

迁地保护是濒危物种有效保护的常用方法。青海省尚有大量的半咸水湖泊,柴达木盆地有 192.8km²,哈拉湖为 588.1km²,共和盆地有 6.7km²,对这些湖泊可开展引进青海湖裸鲤适应性的研究,通过创造青海湖裸鲤不同进化单元,对其遗传多样性进行有效保护。另外,裂腹鱼类具有大致相同的生态习性和繁殖特性,青海湖裸鲤人工繁殖的成功,为其他濒危裂腹鱼类人工增殖提供了可行性依据,使其在短时期内种群数量有所回升,保持流域生态平衡和物种多样性。

7.3.3　加强科学研究

1. 淡水全人工繁殖技术研究

2007～2009 年,青海省分别在循化撒拉族自治县查汗都斯水库、大通回族土族自治县景阳水库、湟中县大南川水库进行青海湖裸鲤大水面人工养殖取得成功,青海湖裸鲤淡水全人工增养殖的成功,为青海省大面积开展裸鲤人工增养殖奠定了技术基础,对缓解青海湖资源压力、加强青海湖渔业资源保护具有极其重要的意义。闫保国等(2006)曾报道,2002 年从青海省青海湖裸鲤原种场引进青海湖裸鲤仔鱼,在全淡水中采用微流水环境中培育至性成熟,2006 年经过人工催产,可以进行繁殖,孵化率最高可达 80%。在这些研究的基础上,应进一步加强青海湖裸鲤淡水养殖、繁殖技术研究,从根本上突破青海湖裸鲤淡水全人工繁殖技术,为保护这一濒危物种提供技术保证,也可促进青海湖裸鲤这一高原裂腹鱼类资源的开发利用。

2. 种群变动研究

种群数量变动是种群研究的核心问题,运用水声学探测、渔获物体长股分析等多种方法对青海湖裸鲤的种群数量进行研究,掌握其变动趋势,建立预测模型。研究青海湖裸鲤的种群结构及其变化趋势,分析环境变化和人类活动等因素对种群结构和种群数量变动的驱动机制。

3. 人工繁殖放流效果的评价

由于经费等原因,目前对青海湖裸鲤增殖放流效果的评价还存在一定的局限性,增殖放流规格、数量等往往没有有效的技术手段进行严格控制。今后应在人工增殖放流的同时,采取有效的技术手段,如采取合适的标志放流技术,持续深入开展放流效果的评价研究,以调整放流对策、制定合理的放流规格和数量,获得更好的效益。

4. 种质监测

青海湖裸鲤种质研究工作薄弱,应尽快建立青海湖裸鲤种质资源数据库,专项开展裸鲤生化遗传和检验检疫工作。加强放流青海湖裸鲤的种质资源和遗传多样性监测,建立放流苗种的质量评价技术体系,包括大群体亲本、生物学性状和遗传特性稳定、苗种品质和疫病检疫等。

由于湖区有人工繁殖的种群和自然种群,两个种群的遗传多样性是不是一样,人工繁殖的种群会不会导致自然种群的遗传多样性丧失,应采取有效的手段开展这两个种群遗传多样性的监测,为放流效果的评价以及采取更合理的资源增殖对策提供科学依据。

5. 水域环境监测

在湖区经济建设中要重视水域规划,按渔业用水标准严格控制布哈河、沙柳河、黑马河等水系的环境功能标准。按环境容量及功能要求制定青海湖地区发展规划,从宏观上控制污染。建设青海湖渔业环境监测站,在青海湖鸟岛、布哈河、桥头、沙柳河、哈尔盖河、泉吉河、黑马河、青海湖二郎剑设立水质监测站,形成一个完善的渔业水域监测网络,开展青海湖及其附属水体的监测工作。对农业施肥、施药;草原灭虫、灭鼠和牲畜药浴等要按照环保标准严格管理,推广新型高效低残留药品,尽量减免对青海湖流域水质污染。

7.3.4　提高公众参与

物种和生物多样性的保护离不开社会各界的参与,青海湖裸鲤的保护应与WWF、TNC等国际环保组织合作,开展社区生物多样性保护活动。利用现代传媒、设置宣传牌、印制宣传材料等进行广泛的保护宣传教育活动,唤醒人们的保护意识;开展各界群众参与的增殖放流活动,提高青海湖裸鲤保护的公众参与。

参 考 文 献

薄海波,王霞,翟宗德,等.2006.碱催化法衍生化气相色谱/质谱法分析青海湖裸鲤鱼油中的脂肪酸.色谱,24
　　(2):181~184.

曹文宣,邓中粦.1962.四川西部及其邻近地区的裂腹鱼类.水生生物学集刊,(2):27~53.

曹文宣.1964.Ⅳ.裂腹鱼亚科,见:伍献文.中国鲤科鱼类志(上卷).上海:上海科学技术出版社:137~197.

陈大庆,张春霖,鲁成,等.2006a.青海湖裸鲤繁殖群体线粒体基因组 D-loop 区序列多态性.中国水产科学,
　　13(5):800~806.

陈大庆,张信,熊飞,等.2006b.青海湖裸鲤生长特征的研究.水生生物学报,30(2):173~179.

陈大庆.2004.青海湖裸鲤资源评估与繁殖群体遗传多样性.中国科学院水生生物研究所博士学位论文.

陈桂琛,彭敏,李来兴,等.1995.青海湖湿地环境特征及其保护与合理利用.陈宜瑜.中国湿地研究.长春:吉
　　林科学技术出版社.

陈民琦,林建国,应百才,等.1990.青海湖封湖 3 年对裸鲤种群结构的影响初探.青海大学学报(自然科学
　　版),(1):50~56.

陈燕琴,王基琳,张宏,等.2006.青海湖裸鲤的人工放流及资源保护.中国水产,(1):72,73.

陈宜瑜,陈毅峰,刘焕章.1996.青藏高原动物地理区的地位和东部界限问题.水生生物学报,20(2):98~103.

陈毅峰,曹文宣.2000.Ⅺ.裂腹鱼亚科,见:乐佩琦等,中国动物志硬骨鱼纲、鲤形目(下卷).北京:科学出版
　　社:273~390.

陈毅峰.2000.裂腹鱼类的系统进化及资源生物学.武汉:中国科学院水生生物研究所博士学位论文.

陈永祥,罗泉生.1995.乌江上游裂腹鱼繁殖力的研究.动物学研究,16(4):342~348.

陈志明.1988.黄河上源古湖沼及其环境初析.第二次中国海洋湖沼科学会议论文集.北京:科学出版社:
　　244~253.

丛淑品,徐剑,李家坤,等.1982.青海湖裸鲤肌间骨(*Os. intermusculare*)的初步观察.西北师范大学学报(自然
　　科学版),2:11.

窦筱艳.2006.二十世纪末近 15 年青海湖生态环境变化和生态恢复研究.湖南大学工程硕士学位论文.

冯钟葵,李晓辉.2006.青海湖近 20 年水域变化及湖岸演变遥感监测研究.古地理学报,8(1):131~141.

冯宗炜,冯兆忠.2004.青海湖流域主要生态环境问题及防治对策.生态环境,13(4):467~469.

根井正利.1975.分子群体遗传学与进化论.王家玉(译).北京:农业出版社:121~133.

龚生兴,胡安.1975.青海湖裸鲤精子寿命和胚胎发育的观察.见:青海省生物研究所.青海湖地区的鱼类区系
　　和青海湖裸鲤的生物学.北京:科学出版社:65~76.

何德奎,陈毅峰,陈自明.2001a.色林错裸鲤性腺发育的组织学研究.水产学报,25(2):97~104.

何德奎,陈毅峰,蔡斌.2001b.纳木错裸鲤性腺发育的组织学研究.水生生物学报,25(1):1~13.

胡安,唐诗声,龚生兴,等.1975.青海湖裸鲤 *Gymnocypris pezewalskii* (Kessler)的资源现状及其增殖途径的
　　探讨.见:青海省生物研究所.青海湖地区的鱼类区系和青海湖裸鲤的生物学.北京:科学出版社:103~
　　110.

胡东生.1989.青海湖的地质演变.干旱区地理,12(2):26~29.

黄玉霖,贾俊成,何大仁,等.1994.罗非鱼内耳形态结构研究.水生生物学报,18(3):215~222.

蒋鹏,史建全,张研,等.2009.应用微卫星多态分析青海湖裸鲤(*Gymnocypris przewalski* (Kessler))六个野

生群体的遗传多样性.生态学报,29(2):939~945.

李凤霞,李林,沈芳,等.2004.青海湖湖岸形态变化及成因分析.资源科学,26(1):38~43.

李凤霞.2003.青海湖还湖重点区域生态环境研究.北京:气象出版社.

李吉均,方小敏,潘保田,等.2001.新生代晚期青藏高原强烈隆起及其对周边环境的影响.第四纪研究,21 (5):381~391.

李明德,马锦秋,吴跃英,等.1995.青海湖裸鲤的无机元素.海洋湖沼通报,(1):68~73.

李太平,赫广春,赵凯,等.2001a.青海湖裸鲤乳酸脱氢酶的研究.黑龙江畜牧兽医,(10):7,8.

李太平,赫广春,赵凯,等.2001b.青海湖裸鲤血清淀粉酶的研究.四川畜牧兽医,28(9):15,17.

李太平,李均祥.2003.青海湖裸鲤线粒体 DNA 细胞色素 b 基因序列分析.青海大学学报(自然科学版), 21(4):5,6,13.

李太平.2004.2 种裸鲤线粒体 DNA 细胞色素 b 基因序列分析.西南农业大学学报(自然科学版),26(1): 81~83.

李晓卉,张雁平.2005a.青海湖裸鲤肠道消化酶活性的研究.饲料工业,26(14):30,31.

李晓卉,张雁平.2005b.青海湖裸鲤胰脏消化酶活性的研究.渔业经济研究,(3):40,41.

李晓卉,张雁平.2007.青海湖裸鲤胰脏和肠道蛋白酶活性的研究.中国水产,(7):78,79.

林浩然.1998.鱼类生理学.广州:广东高等教育出版社:35,36.

刘建康,何碧梧.1992.中国淡水鱼类养殖学.第三版.北京:科学出版社:351~363.

刘建康.1990.东湖生态学研究(一).北京:科学出版社:152~164.

刘进琪,王一博,程慧艳,等.2007.青海湖区生态环境变化及其成因分析.干旱区资源与环境,21(1):32~37.

刘军.2005.青海湖裸鲤生活史类型的研究.四川动物,24(4):455~458.

刘军.2006.用灰色理论预测青海湖裸鲤的年产量.大连水产学院学报,12(4):390~393.

刘立庆,王宝铎,杨涛,等.1981.青海湖裸鲤寄生棘头虫的研究.水产学报,(4):295~300.

楼允东.2000.组织胚胎学.北京:中国农业出版社:95~105.

马林生,刘景华.2003.青海湖区生态环境研究.西宁:青海人民出版社.

孟鹏,王伟继,孔杰,等.2007.五条河流青海湖裸鲤的同工酶变异.动物学报,53(5):892~898.

孟庆闻,缪学祖,俞泰济,等.1989.鱼类学[形态·分类].上海:上海科学技术出版社.

倪达书,洪雪峰.1963.草鱼消化道组织学研究.水生生物学集刊,(3):1~25.

祁得林,郭松长,唐文家,等.2006.南门峡裂腹鱼亚科鱼类形态相似种的分类学地位-形态趋同进化实例.动物 学报,52(5):862~870.

祁得林,李军祥.2002.青海湖裸鲤血清过氧化物酶多态性初步研究.淡水渔业,32(5):57,58.

祁得林.2003.青海湖裸鲤和鲤鱼组织乳酸脱氢酶同工酶比较研究.青海大学学报(自然科学版),21(6):1~3.

祁得林.2004.青海湖裸鲤染色体核型及多倍性的初步研究.青海大学学报(自然科学版),22(2):44~47.

祁洪芳,史建全,杨建新,等.2000.青海湖裸鲤人工开口饲料配方的筛选试验.淡水渔业,30(3):23~26.

秦桂香,杨成,李玉花,等.2008.青海湖裸鲤肌肉营养成分和微量元素的分析.青海大学学报(自然科学版), 26(5):66~68.

青海省地方编纂委员会.1993.青海省志·农业志·渔业志.西宁:青海人民出版社.

青海省地方编纂委员会.1998.青海省志·青海湖志.西宁:青海人民出版社.

青海省生物研究所.1975.青海湖地区的鱼类区系和青海湖裸鲤的生物学.北京:科学出版社:37~45.

青海省水产研究所.1988.青海省渔业资源和渔业区划.西宁:青海省人民出版社.

任杰,王心明,翟永洪,等.2003.青海湖地区野生动物及其保护.青海环境,13(1):26～30.

沈吉,张恩楼,夏威岚.2001.青海湖近千年来气候环境变化的湖泊沉积记录.第四纪研究,21(6):508～513.

沈建忠,曹文宣,崔奕波,等.2001.用鳞片和耳石鉴定鲫年龄的比较研究.水生生物学报,25(5):462～466.

施玉樑,王文萍,卓晓亮.1995.裸鲤卵有毒成分在人工脂双层形成离子通道.生物物理学报,11(3):357～
　　361.

史建全,祁洪芳,杨建新,等.2000a.青海湖裸鲤繁殖生物学的研究.青海科技,7(2):12～15.

史建全,祁洪芳,杨建新,等.2000b.青海湖裸鲤人工繁殖及鱼苗培育技术的研究.淡水渔业,30(2):3～6.

史建全,祁洪芳,杨建新,等.2000c.青海湖裸鲤资源评析.淡水渔业,30(11):38～40.

史建全,祁洪芳,杨建新,等.2000b.青海湖裸鲤营养成分分析.青海大学学报(自然科学版),18(3):14～17.

史建全,祁洪芳,杨建新,等.2004a.青海湖自然概况及渔业资源现状.淡水渔业,34(5):3～5.

史建全,刘建虎,陈大庆,等.2004b.青海湖裸鲤肠道组织学研究.淡水渔业,(2):16～19.

史建全,唐红玉,祁洪芳,等.2004c.青海湖裸鲤性腺发育观察.淡水渔业,34(3):7～9.

史建全,王基琳.1995.青海湖渔业资源的现状及对策.水产科技情报,22(1):42,43.

史建全,杨建新,祁洪芳,等.2000e.青海湖裸鲤形态特征与遗传性状.青海科技,7(2):16～18.

史建全.2008.青海湖裸鲤研究现状与资源保护对策.青海湖科技,(5):13～16.

宋平,潘云峰,向筑,等.2001.黄颡鱼 RAPD 标记及其遗传多样性的初步分析.武汉大学学报(理学版),
　　47(2):233～237.

宋昭彬,曹文宣.2001.鱼类耳石微结构特征的研究与应用.水生生物学报,25(6):613～619.

孙儒泳.动物生态学原理.第三版.北京:北京师范大学出版社,2006,161～164.

唐洪玉,陈大庆,史建全,等.2006.青海湖裸鲤性腺发育的组织学研究.水生生物学报,30(2):166～172.

陶元清.2005a.青海湖裸鲤种质资源及其实验动物化前景.中国比较医学杂志,15(4):229,230.

陶元清.2005b.青海湖裸鲤种质资源研究概况.青海畜牧兽医杂志,35(3):43,44.

汪松,谢焱.2004.中国物种红色名录,第一卷 红色名录.北京:高等教育出版社:163.

王典群.1988.青海湖裸鲤和花斑裸鲤嗅觉器官的比较解剖.兰州大学学报(自然科学版),(2).

王典群.1987.青海湖裸鲤神经系统的解剖.兰州大学学报(自然科学版),25(3):96～103.

王基琳.2005a.青海湖裸鲤 *Gymnocypris przewalskii*(Kessler)产卵场破坏原因与保护对策.现代渔业信息,
　　20(6):11～12.

王基琳.2005b.关于近期对青海湖裸鲤 *Gymnocypris przewalskii*(Kessler)开发可能性的探讨.现代渔业信
　　息,20(5):20,22.

王基琳.1975.青海湖裸鲤食性的研究.见:青海省生物研究所.青海湖地区的鱼类区系和青海湖裸鲤的生物
　　学.北京:科学出版社:27～36.

王剑伟,王伟,崔迎松.2000.野生和杂交稀有鮈鲫的遗传多样性.生物多样性,8(3):241～247.

王申.2005.青海湖裸鲤生殖洄游期葡萄糖转运子基因表达.浙江大学硕士学位论文.

王苏民,窦鸿身.1998.中国湖泊志.北京:科学出版社.

王苏民,林而达,佘之祥.2002.中国西部环境演变评枯(第三卷):环境演变对中国西部发展的影响及对策.北
　　京:科学出版社.

王玉璋.1995.国内外对鱼类耳石日轮的研究和应用.水产科技情报,22(3):132～135.

王云涛.2000.论青海湖鸟岛资源保护与利用.中南林业调查规划,19(2):34～37.

王振吉,赵淑梅.1996.克鲁克湖渔业资源增殖技术研究.青海科技,3(3):26～28.

魏乐. 2000. 青海湖裸鲤、鲤鱼的血红蛋白的电泳研究. 青海师范大学学报(自然科学版),(2):39～43.

魏振邦,史建全,孙新,等. 2008. 6 个地区青海湖裸鲤肌肉营养成分分析. 动物学杂志,43(1):96～101.

武云飞,吴翠莲. 1991. 青藏高原鱼类. 成都:四川科学技术出版社.

谢松光. 1999. 扁担塘和梁子湖小型鱼类群落的空间和营养格局研究. 中国科学院水生生物研究所博士学位
　　论文.

谢新民,白若华,孟宪纪. 1991. 青海湖裸鲤卵毒的研究进展. 青海医学院学报,(1):107～109.

谢振宇,杜继曾,陈学群,等. 2006. 线粒体控制区在鱼类种内遗传分化中的意义. 遗传,28(3):362～368.

谢振宇. 2005. 青藏高原脊椎动物 D-Loop 和 HIF-alpha 的基因克隆. 浙江大学硕士学位论文.

熊飞,陈大庆,刘绍平,等. 2006. 青海湖裸鲤不同年龄鉴定材料的年轮特征. 水生生物学报,30(2):185～191.

熊飞. 2003. 青海湖裸鲤繁殖群体生物学. 华中农业大学硕士学位论文.

许生成,李太平,李均祥,等. 2003. 青海湖裸鲤线粒体 DNA 多态性研究. 黑龙江畜牧兽医,(1):11,12.

许生成. 2003. 青海湖裸鲤血液指标的测定. 青海畜牧兽医杂志,33(4):13,14.

闫保国,闫立君,卢建一,等. 2006. 青海湖裸鲤人工繁育试验报告. 河北渔业,(7):39～41.

闫学春,史建全,孙效文,等. 2007. 青海湖裸鲤的核型研究. 东北农业大学学报,38(5):645～648.

杨洪志,王基琳. 1997a. 青海湖底栖生物以其生产力分析. 青海科技,4(3):36～39.

杨洪志,王基琳. 1997b. 青海湖水系的生物地理特征及其对渔业资源的影响. 青海科技,4(2):9,10.

杨建新,祁洪芳,史建全,等. 2005. 青海湖水化学特性及水质分析. 淡水渔业,35(3):28～32.

杨建新,祁洪芳,史建全,等. 2008. 青海湖夏季水生生物调查. 青海科技,(6):18～25.

杨杰,杨正兵,秦贵祥,等. 2006. 水泥池培育青海湖裸鲤苗种试验. 科学养鱼,(1):10.

杨军山,陈毅峰,何德奎,等. 2002. 错鄂裸鲤年轮与生长特性的探讨. 水生生物学报,26(4):378～387.

杨廷宝,廖翔华,曾佰平,等. 2000. 青海湖裸鲤寄生对盲囊线虫的种群生态研究. 水生生物学报,24(3):213～
　　218.

杨廷宝,廖翔华. 1996. 青海湖裸鲤寄生舌状绦虫的空间格局研究. 水生生物学报,20(3):206～211.

杨廷宝,廖翔华. 1999. 青海湖裸鲤体腔寄生蠕虫群落研究. 水生生物学报,23(2):134～140.

杨廷宝,苗素英,廖翔华,等. 2001. 青海湖裸鲤体腔寄生蠕虫种群动态与宿主食性的关系. 水生生物学报,25
　　(3):268～273.

杨绪启,王雪萍,王发春,等. 1998. 青海湖裸鲤油脂中脂肪酸初步分析. 青海大学学报(自然科学版),16(2):
　　19～21.

杨廷宝,廖翔华. 2000. 青海湖裸鲤寄生湟鱼棘头虫的种群季节动态研究. 中山大学学报(自然科学版),
　　39(2):78～82.

叶元土,曾瑞. 1999. 草鱼肠道粘膜扫描电镜观察. 动物学杂志,34 (6):8～10.

易犁,王伟. 2001. 基于 RAPD 分析的高体鳑鲏地理分化研究. 水生生物学报,25(3):301～304.

应百才. 1993. 青海省志-渔业志. 西宁:青海省人民出版社.

于升松. 1996. 青海湖及其邻近水系 30 年来的化学变化. 海洋与湖沼,27(2):125～131.

张才俊,张学武,李清军,等. 1992. 青海湖裸鲤乳酸脱氢酶同工酶普. 青海畜牧兽医学院学报,9(1):7～11.

张春霖,陈大庆,史建全,等. 2005. 青海湖裸鲤繁殖群体遗传多样性的 RAPD 分析. 水产学报,29(3):307～
　　312.

张春霖,张玉玲. 1963a. 青海鱼类的新种 I. 动物学报,15(2):291～295.

张春霖,张玉玲. 1963b. 青海鱼类的新种 II. 动物学报,15(4):635～638.

张德春. 2002. 鳙鱼人工繁殖群体遗传多样性的研究. 三峡大学学报(自然科学版),24(4):379~381.

张国钢,刘冬平,江红星,等. 2007. 青海湖非越冬水鸟多样性分析. 林业科学,43(12):101~105.

张国钢,刘冬平,江红星,等. 2008a. 禽流感发生后青海湖水鸟的种群现状. 动物学杂志,43(2):51~56.

张国钢,刘冬平,江红星,等. 2008b. 青海湖四种繁殖水鸟活动区域的研究. 生物多样性,16(3):279~287.

张宏,史建全. 2009. 青海湖裸鲤过鱼通道存在问题及改造建议. 中国水产,(6):24.

张金兰,覃永生. 1997. 青海湖渔业环境状况及管理保护对策. 青海环境,7(4)(总第26期):159~163.

张连明,周青. 1997. 建立青海湖裸鲤人工放流站的必要性与可行性. 青海环境,7(3):118~120.

张四明,邓怀,汪登强,等. 2001. 长江水系鲢和草鱼遗传结构及变异性的 RAPD 研究. 水生生物学报,25(4): 324~330.

张武学,杨长锁,李军祥,等. 1992. 青海湖裸鲤鳞片表面的扫描电镜观察. 青海畜牧兽医学院学报,9(1): 227~30.

张武学,张才骏,李军祥. 1994. 青海湖裸鲤乳酸脱氢同工酶的研究. 青海畜牧兽医杂志,24(3):9~12.

张信,陈大庆,严莉,等. 2005. 青海湖裸鲤资源保护面临的问题与对策. 淡水渔业,35(4):57~60.

张信,熊飞,唐洪玉,等. 2005. 青海湖裸鲤繁殖生物学研究. 海洋水产研究,26(3):61~67.

张信. 2005. 青海湖裸鲤资源量的水声学评估. 华中农业大学硕士学位论文.

张学武,杨长锁,李军详,等. 青海湖裸鲤鳞片表面的扫描电镜观察. 青海畜牧兽医学院学报,1992,9(1):27~30

张雁平,李晓卉. 2006. 青海湖裸鲤和鲤鱼胰脏和肠管淀粉酶活性的研究. 青海畜牧兽医杂志,36(5):7,8.

张玉书,陈瑗. 1980. 青海湖裸鲤种群数量变动的初步分析. 水产学报,4(2):157~177.

赵凯,何舜平,彭作刚,等. 2006. 青海湖裸鲤的种群结构和线粒体 DNA 变异. 青海大学学报(自然科学版), 24(4):1~4,9.

赵凯,李军详,张亚平,等. 2001. 青海湖裸鲤 mtDNA 遗传多样性的初步研究. 遗传,23(5):445~448.

赵凯,李俊兵,杨公社,等. 2005. 青海湖及其相邻水系特有裸鲤属鱼类的分子系统发育. 科学通报,50(13): 1348~1355.

赵凯. 2005. 青海湖及其临近水系特有裂腹鱼类的分子系统发育及系统地理学. 西北农林科技大学博士学位 论文.

赵凯. 2001a. 青海湖裸鲤与草鱼群体遗传变异性比较. 淡水渔业,31(2):51,52.

赵凯. 2001b. 青海省野生经济鱼类资源现状和面临的威胁. 青海科技,(1):15~19.

赵利华,王似华,赵铁桥,等. 1975. 青海湖裸鲤[*Gymnocypris przewalskii przewalskii* (Kessler)]的年龄与生 长. 见:青海省生物研究所、青海湖地区的鱼类区系和青海湖裸鲤的生物学. 北京:科学出版社:37~45.

赵利华. 1982a. 青海湖裸鲤种群结构变异与资源利用. 生态学杂志,(3):51,52.

赵利华. 1982b. 捕捞对青海湖裸鲤种群结构的影响. 高原生物学集刊,(1):177~193.

赵文学,段子渊,杨公社,等. 2007. 青海湖裸鲤的起源和花斑裸鲤的种群演化. 自然科学进展,17(3):320~328.

赵文学,孙玉华,邵雪玲,等. 2001. 用 RAPD 技术对鲶和褐首鲶遗传多样性的研究. 武汉大学学报(理学版), 47(6):782~784.

中国科学院兰州地质研究所等. 1979. 青海湖综合考察报告. 北京:科学出版社.

中国科学院兰州分院等. 1994. 青海湖近代环境的演化和预测. 北京:科学出版社.

周立华,陈桂琛,彭敏. 1992. 人类活动对青海湖水位下降的影响. 湖泊科学,4(3):32~36.

周立华. 1993. 青海湖流域生态环境问题与对策. 青海环境,3(1):1~11.

周虞灿. 1984. 青海湖裸鲤血清蛋白以及血红蛋白多态性的分析. 高原生物学集刊,2:125~131.

朱松泉,武云飞. 1975.青海湖地区鱼类区系的研究.见:青海省生物研究所编,青海湖地区的鱼类区系和青海湖裸鲤的生物学.北京:科学出版社:9~26.

朱洗. 1985.进一步讨论鲢鳙人工繁殖的问题.见:朱洗论文集:北京:科学出版社:430~449.

卓晓亮,吉永华,徐科,等.1991.上海生物化学与分子生物学学术会议论文摘要编汇,上海:上海生化协会:11~12.

Bagenal T B. 1974. The ageing of Fish. London: Unwin Brothers Press: 28~29.

Beamish R J, McFarlane G A. 1987. Current trends in age determination methodology. *In*: Summerfelt R C, Hall G E. 1987. Age and Growth in Fish. Amws: Iowa State University Press: 1.5~42.

Beamish R J, McFarlane G A. 1983. The forgotten requirement for age validation in fisheries biology. Trans Am. Fish Soc, 112: 735~743.

Brauner C J, Richardsa J G, Mateyb V, et al. 2008. Salinity tolerance of the endangered Lake Qinghai scaleless carp, *Gymnocypris przewalskii*. Comparative Biochemistry and Physiology Part C: Toxicology & Pharmacology, 148(4): 447,448.

Buth D G. 1983. Allozymes of the Cyprinid fishes: variation and application. *In*: Truner B J. Evolutionary Genetic of Fishes. New York, London: Plenum Press: 561~590.

Busacker G P, Adelman I A, Goolish E M. Growth. In: Schreck C B, Moyle P B. Methods for fish biology. Bethesda: American Fisheries Society, 1990, 363~387.

Cao Y Y, Chen X Q, Du J Z, et al. 2008. Molecular cloning of HIF-1A and GH-IGFS and its expression in naked carp (*Gymnocypris przewalskii*) from the Qinghai Lake of China. Comparative Biochemistry and Physiology Part C: Toxicology & Pharmacology, 148(4): 448.

Casselmana J M. 1987. Determination of age and growth. *In*: Weatherley A H, Gill H S. The Biology of Fish Growth. London: Academic Press: 209~242.

Casselmana J M, Wang Y X, Shen Z X, et al. 2008. Response, adaptation, and sustainability of fish in two changing and diverse global environments—Asian Qinghai‐Tibetan Plateau and North American Great Lakes. Comparative Biochemistry and Physiology Part C: Toxicology & Pharmacology, 148(4): 449.

Chen D Q, Zhang C L, Lu C, et al. 2005. Amplified fragment length polymorphism analysis to identify the genetic structure of the *Gymnocypris przewalskii* (Kessler, 1876) population from the Qinghai Basin, China. J. Appl. Ichthyol, 21 (3): 178~183.

Chen D Q, Zhang X, Tan X C, et al. 2009. Hydroacoustic study of spatial and temporal distribution of *Gymnocypris przewalskii* (Kessler, 1876) in Qinghai Lake, China. Environmental Biology of fish, 84: 231~239.

Chen X Q, Cao Y B, Wang X, et al. 2008. Molecular cloning and evolutionary analysis of hypoxia-inducible factor 1 alpha, and EPO responsiveness under hypoxia in the Tibetan vertebrates Pantholops hodgsoni, Myospalax baileyi, Myospalax cansus, Microtus oeconomus and *Gymnocypris przewalskii*. Comparative Biochemistry and Physiology Part C: Toxicology & Pharmacology, 148(4): 450.

Ehrenberg J E, Steig T W. 2003. Improved technique for studying the temporal and spatial behavior fish in a fixed location. ICES J. Mar. SCI, 60: 700~706.

Eckmann R. 1998. Allocation of echo integrator output to small larval insect and medium-sized target. Fishery Reasearch, 35: 107~113.

Freon P, Soria M, Gerlotto F. 1996. Analysis of vessel influence on spatial behavior of fish schools using a multi-beam sonar and consequences for estimates by echo—sounder. ICES. Mar. Sci,53:453~458.

Frost W E. 1945. The age and growth of eels (Anguilla anguilla) from the Windermere Catchment area. Journal of Animal Ecology, 14: 26~36.

Gaudreau N, Boisclair D. 1998. The influence of spatial heterogeneity on the study of fish horizontal daily migrationFishery Reasearch 35:65~73.

Gyllensten U. The genetic structure of fish: difference in the intraspecific distribution of biochemical genetic variation between marine, anadromous, and freshwater species. Fish Biology, 1985, 26(6): 691~699.

Herzenstein S M. 1891. Wissenschaftliche Resultate der von N M. Przewalski nach Central-Asian. Zool Theil, Ⅲ, 2(3): 181~262.

Johnson B L, Noltie D B. Demography, growth, and reproductive allocation in stream-spawning longnose gar. Transactions of the American Fisheries Society, 1997, 126: 438~466.

Kubecka J, Ducan A. 1998. Acoustic size vs. real size relationship for common species of riverine fish. Fishery Reasearch, 35: 115~125.

Levan A, Tredga K, Sandberg A. 1964. Nomencalture for centromeric position on chromosomes. Hereditas, 52: 201~220.

Matey V, Richards J G, Wang Y X, et al. 2008. The effect of hypoxia on gill morphology and ionoregulatory status in the Lake Qinghai scaleless carp, Gymnocypris przewalskii. The Journal of Experimental Biology, 211: 1063~1074.

Niewinski B C, Ferreri C P. 1999. A comparison of three structures for estimating the age of yellow perch. N Am J Fish Manag, 19: 872~877.

Nei M. The theory of genetic distance and evolution of human races. Human Genetics, 1978, 23 (4): 341~369.

Pitcher T J, Parrish J K. 1993. Function of shoaling behavior in Teleosts. In: Pitcher T J. The Behavior of Teleost Fishes. 2nd ed. London: Chapman & Hall: 363~440.

Reznick D, Lindbeck E, Bryga H. 1989. Slower growth results in larger otolith: an experiment test with guppies (Poecilia reticulata). Can J Fish Aquat Sci, 46: 10~112.

Røttingen I. 1989. A review of variability in the distribution and abundance of Norwegian spring spawning herring and Barents Sea capelin. Polar Res,(1):33~42.

Sector D H, Dean J M. 1989. Somatic growth effects on the otolith-fish size relationship in young pond-reared striped bass,Morone saxatilis. Can J Fish Aquat Sci, 46: 113~121.

Selander R K. 1976. Genetic variations in natural populations. In: Ayala F J. Molecular Evolation. Massachusetts:Sinauer Associates:21~45.

Shaklee J B, Allendorf F W, Morizot D C. 1990. Genetic Nomenclature for protein-coding loci in fish. Trans. Amer. Fish Soci. ,119: 2~15.

Shaklee J B, Tamaru C S, Waples R S. 1982. Speciation and evolution of marine fishes studied by electrophoresis analysis of proteins. Pac Sci, 36:141~157.

Swartzman G H. 1992. Spatial-analysis of Bering Sea groundfish survey data using generalized additive models. Can J Fish Aquat Sci, 49(7):1366~1378.

Soria M, Freon P, Gerlotto F. Analysis of vessel influence on spatial behavior of fish schools using a multi-beam-sonar and consequences for estimates by echo-sounder. Mar Sci, 1996, 53: 453~458.

Tameishi H, Shinomiya H, Aoki I, et al. 1996. Understanding Japanese sardine migrations using acoustic and other aidsICES J. Mar. SCI,53:167~171.

Victor B C, Brothers E B. 1982. Age and growth of the fallfish semotilus corporslis with daily otolith increments as a method of anoulus verification. Can J Zool, 60: 2542~2550.

Walker K F, Dunn I G, Edwards D, et al. 1996. A fishery in a changing lake environmental: the naked carp *Gymnocypris przewalskii* (Kessler) (Cyprinidae: Schizothoracine) in Qinghai Lake, China. International Journal of Salt Lake Research, 4: 170~221.

Wang Y X, Chen X Q, Du J Z, et al. 2008. Metabolic and osmotic responses of Lake Qinghai naked carp *Gymnocypris przewalskii* to acute hypoxia during spawning migration. Comparative Biochemistry and Physiology Part C: Toxicology & Pharmacology, 148(4): 476.

Wang Y X, Gonzalez R J, Patrick M L, et al. 2003. Unusual physiology of scale-less carp, Gymnocypris przewalskii, in Lake Qinghai: a high altitude alkaline saline lake. Comparative biochemistry and physiology. Part A, Molecular & Integrative Physiology, 134(2): 409~421.

Weatherley A H, Gill H S. 1987. The Biology of Fish Growth. New York: Academic Press: 209~242.

Wood C M, Du J Z, Rogers J, et al. 2007. Przewalski's naked carp (*Gymnocypris przewalskii*): an endangered species taking a metabolic holiday in Lake Qinghai, China. Physiological and Biochemical Zoology: PBZ, 80(1):59~77.

Zhao K, Duan Z Y, Yang G S, et al. 2007. Origin of *Gymnocypris przewalskii* and phylogenetic history of *Gymnocypris eckloni* (Teleostei: Cyprinidae). Progress in Natural Science, 17: 520~528.

Zhao K, Li J, Yang G S, et al. 2005. Molecular phylogenetics of *Gymnocypris* (Teleostei: Cyprinidae) in Lake Qinghai and adjacent drainages. Chinese Science Bulletin, 50: 1325~1333.

附录 I　青海湖流域生态环境保护条例

（2003 年 5 月 30 日青海省第十届人民代表大会常务委员会第二次会议通过，2003 年 5 月 30 日青海省人民代表大会常务委员会公告第 1 号公布）

第一章　总则

第一条　为了保护青海湖流域生态环境和自然资源，促进生态与经济和社会的协调发展，根据有关法律、行政法规，制定本条例。

第二条　凡在本省行政区域内从事与青海湖流域生态环境保护有关的管理、开发、建设、生产、科学研究、文化体育、旅游观光等活动，应当遵守本条例。

第三条　本条例所称青海湖流域，是指青海湖和注入青海湖的布哈河、乌哈阿兰河、沙柳河、哈尔盖河、黑马河及其他河流的集水区。

青海湖国家级自然保护区（以下简称自然保护区）是青海湖流域生态环境保护的重点地区。

第四条　青海湖流域生态环境保护以维护生物多样性和保护自然生态系统为目标，以水体、湿地、植被、野生动物为重点，妥善处理生态环境保护与经济建设和农牧民利益的关系，全面规划，统一领导，分级负责，归口管理。

第五条　省和青海湖流域州、县人民政府（以下简称州、县人民政府）鼓励、支持单位和个人，采取承包、租赁、股份制等形式，从事青海湖流域生态环境保护和建设，并在资金、技术等方面给予扶持。

对在青海湖流域生态环境保护和建设工作中做出显著成绩的单位和个人，给予表彰或者奖励。

第六条　省和州、县人民政府应当加强青海湖流域生态环境保护的宣传，增强全社会的生态环境保护意识和法治观念。

第七条　一切单位和个人都有保护青海湖流域生态环境的责任，并有权检举、控告破坏生态环境的行为。

第二章 管理

第八条 省人民政府领导青海湖流域生态环境保护工作。

州、县人民政府负责本行政区域内青海湖流域生态环境的保护工作。

第九条 省人民政府制定青海湖流域生态环境保护规划并纳入国民经济和社会发展规划。流域内的水资源开发利用、城镇和风景区建设、草原基础设施建设以及旅游业等规划应当服从生态环境保护规划。

省和州、县人民政府应当将青海湖流域自然资源和环境保护、生态建设纳入国民经济和社会发展计划,并组织实施。

第十条 省人民政府青海湖流域生态环境保护协调机构,负责全流域生态环境保护的综合协调工作。协调机构的日常工作由省人民政府环境保护行政管理部门负责。

第十一条 省和州、县人民政府环境保护、水利、建设、草原、林业、渔业、旅游等部门,依照各自的职责负责青海湖流域生态环境保护工作。

第十二条 自然保护区管理机构负责自然保护区的具体管理工作。

第三章 保护

第十三条 省和州、县人民政府应当维护青海湖流域河道和湖岸的自然生态,采取措施,加强水源涵养区域的保护,增加入湖水量。

第十四条 青海湖流域实行用水管理制度。禁止在流域内兴建高耗水项目。新增用水应当按有关规定履行审批手续。

在青海湖流域河道新建水利工程,不得影响青海湖裸鲤洄游产卵。

第十五条 州、县人民政府应当加强草原基础设施建设和饲草生产基地建设。畜牧业生产应当实行以草定畜、草畜平衡制度,科学利用草场,防止超载过牧。对轻度退化草场实行限牧或者休牧,对中度以上退化草场实行休牧或者禁牧。

第十六条 州、县人民政府应当建立健全草原鼠虫害监测、预报、防治体系,进行植被保护的技术指导和服务工作。

第十七条 州、县人民政府应当加强青海湖流域水源涵养林和防风固沙林的保护和建设,禁止采伐、砍挖。

第十八条 省人民政府应当建立青海湖流域生态保护补偿调节机制。

第十九条 州、县人民政府根据水土保持规划,划定青海湖流域水土流失重点预防区、监督区和治理区,按照国家水土保持技术规范,组织有关部门和单位有计划地综合治理水土流失。

第二十条 省人民政府统一部署青海湖流域的退耕还草（林）工作，州、县人民政府负责组织实施。

第二十一条 州、县人民政府及有关部门，应当采取植物固沙、设置人工沙障等措施，封育沙区植被，防治青海湖流域土地荒漠化、沙漠化。

在草原上进行采土、采砂、采石等活动，应当报县级人民政府草原行政管理部门批准。

禁止开垦草原。禁止在生态脆弱区的草原上采挖植物和从事破坏草原植被的其他活动。

第二十二条 在青海湖流域进行项目建设和经批准进行采土、采砂、采石等活动的单位或者个人，应当在规定的时间和区域内，按照准许的方式作业，并在规定的期限内恢复植被。

第二十三条 加强青海湖流域湿地保护，组织对湿地的综合性调查研究，开展湿地野生动植物种群及生息地的监测。对受到严重破坏的湿地野生动植物，通过封育或者人工驯养繁殖等措施予以恢复。

第二十四条 禁止非法猎捕国家级和省级保护的陆生野生动物。因科学研究、驯养繁殖等特殊情况需要猎捕的，必须依照有关法律、法规规定报有关行政管理部门批准。

第二十五条 禁止任何单位和个人破坏珍贵、濒危陆生野生动物和水生生物的生息繁衍场所。

州、县人民政府和自然保护区管理机构应当采取措施，限制和减少普氏原羚、黑颈鹤、大天鹅等珍贵、濒危陆生野生动物主要生息繁衍场所的人为活动。

第二十六条 州、县人民政府应当根据普氏原羚的生活习性和分布状况，划定区域，采取措施，予以保护。

第二十七条 省人民政府应当采取措施保护青海湖裸鲤资源。

第二十八条 对影响青海湖裸鲤洄游产卵的水利工程，影响普氏原羚种群交流的网围栏的处理办法，由省人民政府规定。

第二十九条 青海湖流域的建设项目必须依照环境影响评价法的规定，先评价后建设。

经批准的建设项目的防治污染设施，必须与主体工程同时设计、同时施工、同时投入使用。已建成的设施，其污染物排放超过国家规定排放标准的，应当限期治理；逾期达不到标准的，依法予以关闭。

第三十条 禁止在湖泊、河道以及其他需要特别保护的区域，排放、倾倒固体废物、油类和含有病原体的污水及残液等有毒有害物质。

州、县人民政府应当进行城镇和旅游景点生活污水处理和固体废弃物处置设施建设,加强生活污水和固体废弃物排放管理。

第三十一条 青海湖流域发展旅游业应当以保护生态环境为前提,旅游景点和线路的确定,应当符合生态环境保护的要求。

第三十二条 进入自然保护区的人员,必须服从自然保护区管理机构的管理。

第四章 处罚

第三十三条 违反本条例规定,有下列行为之一的,由县级以上人民政府草原行政管理部门责令停止违法行为,限期恢复植被,处以罚款:

(一)在生态脆弱区的草原上采挖植物和从事破坏草原植被的其他活动的,处以 300 元以上 3000 元以下的罚款;

(二)未经批准在草原上采土、采砂、采石的,处以 500 元以上 5000 元以下的罚款;

(三)经批准的建设项目和进行采土、采砂、采石等活动,未在规定的期限内恢复植被的,处以 5000 元以上 10 000 元以下的罚款。

非法开垦草原的,依照《中华人民共和国草原法》的有关规定处罚。

第三十四条 违反本条例规定,采伐、砍挖林木的,由县级以上人民政府林业行政管理部门责令停止违法行为,限期补栽(种)林木,处以 100 元以上 5000 元以下的罚款。

第三十五条 破坏普氏原羚、黑颈鹤、大天鹅等珍贵、濒危陆生野生动物主要生息繁衍场所的,由县级以上人民政府林业行政管理部门责令停止违法行为,限期恢复原状,处以相当于恢复原状所需费用 2 倍以上 3 倍以下的罚款。

第三十六条 非法猎捕国家级和省级重点保护野生动物的,由县级以上人民政府林业行政管理部门责令停止违法行为,没收猎捕工具、猎获物和违法所得,处以相当于猎获物价值 5 倍以上 10 倍以下的罚款;没有猎获物的,处以 1000 元以上 10 000 元以下的罚款。

第三十七条 非法捕捞青海湖裸鲤等水生生物的,由县级以上人民政府渔业行政管理部门责令停止违法行为,没收捕捞工具、捕捞物和违法所得,处以捕捞物价值 5 倍以上 10 倍以下的罚款。

第三十八条 违反本条例规定,有下列行为之一的,由县级以上人民政府环境保护行政管理部门责令改正,处以罚款:

(一)在湖泊、河道以及其他需要特别保护的区域,排放、倾倒固体废物、油类的,处以 5000 元以上、50 000 元以下的罚款;

（二）在湖泊、河道以及其他需要特别保护的区域，排放、倾倒含有病原体的污水及残液等有毒有害物质的，处以 5000 元以上 20 000 元以下的罚款。

第三十九条　在自然保护区内违反本条例规定的行为，由县级以上人民政府有关行政管理部门或者由其委托自然保护区管理机构依照有关法律、行政法规和本条例的规定进行处罚。

第四十条　在自然保护区内不服从管理机构管理的，由自然保护区管理机构责令改正，处以 100 元以上 5000 元以下的罚款。

第四十一条　执法人员在履行职务时，滥用职权、玩忽职守、徇私舞弊的，由其所在行政管理部门或者上一级行政管理部门给予行政处分。

第四十二条　违反本条例规定，构成犯罪的，依法追究刑事责任。

第五章　附则

第四十三条　省人民政府可以根据本条例制定实施办法。

第四十四条　本条例的具体应用问题由省人民政府负责解释。

第四十五条　本条例自 2003 年 8 月 1 日起施行。

附录 Ⅱ 青海湖裸鲤繁育技术规程
（GB/T 19527—2004）

ICS 65.150

B 52

中 国 人 民 共 和 国 国 家 标 准

GB/T19527—2004

青海湖裸鲤繁育技术规程

Technical specifications for naked carp breed

2004-05-31 发布   2004-10-01 实施

中华人民共和国国家质量监督检验检疫总局
中国国家标准化管理委员会   发布

前　言

本标准的附录 A 为规范性附录。

本标准由中华人民共和国农业部提出。

本标准由中国水产科学研究院长江水产研究所归口。

本标准起草单位:青海省鱼类原种良种场。

本标准主要起草人:祁洪芳、史建全、杨建新、王东晖、惠金莉、刘念亲、毛月风。

青海湖裸鲤繁育技术规程

1　范围

本标准规定了青海湖裸鲤[*Gymnocypris przewalskii*（kessler）]繁育的环境条件、亲鱼选择、催产、授精、孵化及鱼苗培育技术。

本标准适用于青海湖裸鲤的人工繁殖与鱼苗培育。

2　规范性引用文件

下列文件中的条款通过本标准的引用而成为本标准的条款。凡是注日期的引用文件，其随后所有的修改单（不包括勘误的内容）或修订版均不适用于本标准，然而，鼓励根据本标准达成协议的各方研究是否可使用这些文件的最新版本。凡是不注日期的引用文件，其最新版本适用于本标准。

GB 11607 渔业水质标准

3　环境条件

3.1　催产季节：5 月下旬至 7 月上旬。

3.2　催产水温：亲鱼催产的温度范围为 5～21℃。

3.3　繁殖用水水质应符合 GB 11607 的规定。

4　亲鱼选择

4.1　亲鱼来源

用作繁殖的亲鱼应来自青海湖水系或国家许可的原种场、保种水域保存的已达性成熟、体质健壮、体色鲜艳、鳍鳞完整、无伤、无病的亲鱼。

4.2　亲鱼选择

4.2.1　雌亲鱼的选择

4.2.1.1　外观选择

雌鱼臀鳍边缘圆滑无缺刻、稍长、顶尖。性成熟雌鱼的腹部膨大，有明显的卵巢轮廓，下腹部松软有弹性，繁殖季节体表后部具少量"追星"。

4.2.1.2　挖卵检查

用挖卵器从亲鱼泄殖孔内取出少许卵样，将卵样放入培养皿中，加入卵球透明液（见附录 A）2～3min 后观察卵的形态。成熟的卵粒大小整齐、饱满，全部或绝大多数卵核偏位。

4.2.2 雄亲鱼的选择

雄鱼臀鳍短宽而呈圆形,鳍缘有不明显的缺刻、倒钩;繁殖季节尾柄和臀鳍出现大量的"追星",手感粗糙。轻压后腹部,泄殖孔有乳白色精液流出,遇水即散。

4.3 配组

用于繁殖的雌、雄亲鱼配比为 $1:2 \sim 1:2.5$。

5 人工催产

5.1 产卵池

使用直径 $8 \sim 10m$ 圆形催产池,池深 $1.2m$,池底四周向中心倾斜 $10cm$,进水管直径 $10 \sim 12cm$ 与池壁切线成 $45°$,沿池壁注水。

5.2 催产剂种类

适宜催产剂种类有:鱼用绒毛膜促性腺激素(HCG)、鱼用促黄体素释放激素类似物(LRH-A_2)、马来酸地欧酮(DOM)。

5.3 注射方法和剂量

5.3.1 雌亲鱼的注射方法和剂量

采用胸鳍或腹鳍基部注射,根据成熟度的不同,分三次注射法或两次注射法:

  a) 采用三次注射法,每千克体重亲鱼的催产剂量分配如下:

    1) 第一次注射剂量为:$0.5\mu g$LRH-A_2加上 $50IU$HCG;

    2) 第二次注射剂量任选下列一种:

      ——$1.5\mu g$LRH-A_2加上 $100IU$HCG;

      ——$3mg$DOM 加上 $1.5\mu g$LRH-A_2。

    3) 第三次注射剂量任选下列一种:

      ——$2.5mg$LRH-A_2加上 $200IU$HCG;

      ——$2mg$DOM 加上 $3\mu g$LRH-A_2。

  b) 采用两次注射法的剂量:

  1)第一次注射按 5.3.1 a) 2)规定的二种剂量中,任选一种注入鱼体;

  2)第二次注射按 5.3.1 a) 3) 规定的两种剂量中,任选一种注入鱼体。

5.3.2 雄亲鱼的注射方法和剂量

采用胸鳍或腹鳍基部一次注射法。剂量为雌鱼的一半。雌鱼如采用三次注射法时,雄鱼第一次不注射,在第二次注射雌鱼的同时注射雄鱼。雌鱼如果采用二次注射法,雄鱼与雌鱼同时注射。

6 人工授精

6.1 效应时间

亲鱼在催产池注射催产剂后,每间隔 2h,流水刺激 $10 \sim 20min$,流速在 $0.1 \sim$

0.3m/s 范围内,在水温 16～20℃条件下,裸鲤产卵的效应时间一般为 12～24h。

6.2　人工授精

根据水温推算效应时间,及时取卵、取精。盛放精、卵的用具应干燥、洁净。取卵操作以拇指和食指在卵巢上部由上往下轻挤卵巢直至卵粒不能自然流出为止。取卵后立即挤入精液搅匀,使之结合受精。裸鲤卵属沉性,微黏,授精后用水洗 2～3遍,清除多余精液和污物。

7　人工孵化

7.1　孵化条件

7.1.1　水温:适温范围 5～21℃,最适温度范围 16～19℃。

7.1.2　孵化用水的水质应符合 GB 11607 的规定,并使用网孔基本尺寸为 0.18mm的尼龙筛绢过滤。

7.1.3　流速以能在孵化桶上部看见冲起的受精卵在水面下 10cm 处为准,孵化至 34h 左右胚胎发育到原肠期后,可适当加大流速防止鱼卵缺氧。

7.1.4　光照:室内孵化,采取日光灯照明。

7.2　孵化设备

7.2.1　孵化桶用白铁皮制成,容水量 250kg 左右为宜,放卵密度 $4×10^4$ ～$5×10^4$ 粒/桶。

7.2.2　流水孵化槽、盘:使用钢筋、水泥或塑料制成,每槽置 0.4m×0.4m×0.15m 孵化盘 5 只,每只盛卵 $2×10^4$ 粒。

7.3　孵化管理

7.3.1　孵化工具准备:安装、清洁、检查所有相关设施,并进水待卵。提卵板、白瓷盘、温度计、移液管、吸耳球、毛刷置备齐全。

7.3.2　受精卵的鉴别:受精卵入水孵化 20min 后吸水膨胀到最终 3.9～4.1mm 大小,水温 16～19℃时,经 34h 左右,胚胎发育至原肠期,可从胚盘的透明与浑浊肉眼观察受精卵,并以此计算受精率。

7.3.3　调节流速洗刷滤水纱窗黏附的污物,清除死卵。

7.3.4　剑水蚤的防除方法如下:

　　a)　使用网孔基本尺寸为 0.18mm 尼龙筛绢过滤孵化用水;

　　b)　用90％晶体敌百虫加水溶化后全池泼洒供水池,使池水浓度达 $0.5×10^{-6}$。

7.3.5　水霉病防治方法:用漂白粉溶液全池泼洒供水池,使池水浓度达 $1×10^{-6}$。

7.3.6　做好人工孵化各项记录。

7.4　出苗

7.4.1　水温 16～19℃时,经 136h 左右鱼苗出膜,出膜 120h 后鱼鳔充气、平游、开口摄食。鱼苗全长 1.3cm 左右。孵化率 80%～85%，畸形率 2.5% 以下。

7.4.2　鱼苗过数：使用分格法或稀释法带水过数,计算孵化率及出苗率。

8　鱼苗培育

8.1　饲育槽培育

鱼苗出膜卵黄囊吸收完毕后,清污过数置流水鱼苗饲育槽,水温 16～20℃ 条件下,培育 25d,鱼苗全长达 2.3cm 左右。以每万尾鱼苗每天一个煮熟的鸡蛋黄,用网孔 0.18mm 筛绢双层在水中揉成蛋黄水泼洒饲喂。放养密度为 $8×10^4$～$10×10^4$ 尾/m³,饲育槽出水口处溶解氧不低于 5mg/L。

8.2　池塘培育

8.2.1　环境条件

8.2.1.1　环境位置:光照充足,交通便利。

8.2.1.2　水源与水质:水源充足,注排水方便;水质除符合 GB 11607 规定外,池水透明度要达到 25～30cm。

8.2.1.3　池塘条件:鱼苗池面积为 0.07～0.27hm²,水深 1.2～1.5m,池底平坦,淤泥厚度小于 20cm。

8.2.2　放养前的准备

8.2.2.1　池塘清整:排干池水、曝晒池底、清除杂物与淤泥、修整池埂。

8.2.2.2　药物消毒:鱼苗放养前,应用药物清除野杂鱼、病原及害虫。药物种类、用量及方法见表1。

表 1　药物消毒方法

药物种类	用量/(kg/hm²)		方法	药性消失时间/d
	水深 0.2m	水深 1.0m		
生石灰	900～1 050	1 800～2 250	用水溶化后趁热全池泼洒	7～10
漂白粉ª	60～120	202.5～225	用水溶化后,随即全池泼洒	3～5

　　a 漂白粉有效氯含量为 30%。

8.2.2.3　清池后鱼苗池水深应调整为 0.6～0.8m,注水时应用密网过滤。

8.2.2.4　放鱼前 7～10d,向池内施粪肥 3000～6000kg/hm² 或施用尿素 52.5～75.0kg/hm²。鱼苗下塘时,池中饵料生物量应保持轮虫在 5 000～10 000 个/L。

8.2.2.5　放鱼前一天,将少量鱼苗放入池内网箱中,需经 12～24h 的观察,检查池水药物毒性是否消失。同时还须用密网在池中拉 1～2 网次,若发现野杂鱼或敌害生物须重新清池。

8.2.3 鱼苗放养

8.2.3.1 放养方法:裸鲤鱼苗采取单养的池塘培育方式。下塘鱼苗应是同批繁殖的,相差不超过三天,温差不超过±3℃,选择鱼池上风处下塘。

8.2.3.2 放养密度:以培育鱼苗全长 3.5～4.0cm 为准,放养量为 $60×10^4$～$90×10^4$尾/hm^2。

8.2.4 鱼苗培育

8.2.4.1 以豆浆为主的培育方法:鱼苗放养后用黄豆 30～45kg/(d·hm^2),分 2 次～3 次磨成豆浆 750kg,滤去豆渣后全池泼洒。一周后黄豆增至 45～60kg/(d·hm^2),培育 10d 后,需在池边加泼一次或在池周围浅水处堆放菜饼或豆饼。

8.2.4.2 施追肥:以有机肥为主时,每次有机肥施用量为 1500～2250kg/hm^2,加化肥 75kg(氮磷比为 9:1);若单用化肥每次用量为 150kg/hm^2(氮磷比为 4:1～7:1)。

8.2.5 日常管理

8.2.5.1 巡塘:鱼苗放养后每日应多次巡塘,观察水质及鱼的活动,及时清除蛙卵、杂草、检查鱼苗摄食、生长及病虫害情况,发现问题及时采取措施并作好记录。

8.2.5.2 注水:鱼苗放养后,加注新水,保持池水呈微流水态式,待鱼体全长达 3.5cm 左右时池塘水深应为 1.2～1.5m。

8.2.5.3 防治鱼病:经常观察、定期检查、发现鱼病及时防治。

8.2.6 出塘

8.2.6.1 鱼苗经 20～30d 培育至全长 3.5cm 左右时应及时拉网锻炼,准备出塘。

8.2.6.2 鱼苗出塘须经 2～3 次拉网锻炼,每次拉网的当日上午应清除池中杂草、污物,饲料应在拉网后投喂。

第一次拉网锻炼应将鱼围入网中,观察鱼的数量及生长情况,密集 10～20s 后立即放回池中,隔天拉第二网,待鱼围入网中密集后赶入网箱中,随后清除箱内污物,经 1～2h,若距鱼种培育池较近即可出塘;若需长途运输,尚需再隔一日,待第三网锻炼后(操作同第二网)出塘。

拉网分塘操作应细心,因裸鲤鱼体娇嫩,起网时鱼体不可过度密集,计数时应采取带水操作。

8.2.6.3 出塘时若鱼苗规格参差不齐,需用鱼筛分选。

鱼苗计数有重量法和容量法两种。将筛选后的鱼苗随机取样,按单位重量或容积的鱼苗尾数乘以总重量或容积,即为鱼苗的总重量或鱼苗的总尾数。再随机取出 30 尾测量全长与体重,求出平均规格。

鱼苗成活率应达到 70% 以上。

附 录 A

（规范性附录）
卵球透明液配制方法

95％酒精：95 份；

10％福尔马林：10 份；

冰乙酸：5 份；

三者按上述比例混合即成。

附录Ⅲ 青海湖裸鲤
(GB/T 21444—2008)

ICS 65.150

B 52

中 国 人 民 共 和 国 国 家 标 准

GB/T21444—2008

青海湖裸鲤

Naked carp of Qinghai lake

2008-02-15 发布   2008-05-01 实施

中华人民共和国国家质量监督检验检疫总局
中国国家标准化管理委员会   发布

前　言

本标准由中华人民共和国农业部提出。

本标准由全国水产标准化技术委员会淡水养殖分技术委员会归口。

本标准起草单位：青海省鱼类原种良种场。

本标准主要起草人：史建全、祁洪芳、杨建新、王东晖、惠金莉、刘念亲、毛月风、曹慧芹、赵秀梅。

青海湖裸鲤

1　范围

本标准给出了青海湖裸鲤[*Gymnocypris przewalskii* (Kessler)]的主要形态构造特征、生长与繁殖、遗传学特性以及检测方法。

本标准适用于青海湖裸鲤的种质检测与鉴定。

2　规范性引用文件

下列文件中的条款通过本标准的引用而成为本标准的条款。凡是注日期的引用文件,其随后所有的修改单(不包括勘误的内容)或修订版均不适用于本标准,然而,鼓励根据本标准达成协议的各方研究是否可使用这些文件的最新版本。凡是不注日期的引用文件,其最新版本适用于本标准。

GB/T 18654.1　养殖鱼类种质检测　第 1 部分:检测规则

GB/T 18654.2　养殖鱼类种质检测　第 2 部分:抽样方法

GB/T 18654.3　养殖鱼类种质检测　第 3 部分:性状测定

GB/T 18654.12　养殖鱼类种质检测　第 12 部分:染色体组型分析

SC 1037－2000　鲂

3　学名与分类

3.1　学名

青海湖裸鲤[*Gymnocypris przewalskii*(Kessler)]。

3.2　别名

湟鱼。

3.3　分类位置

属鲤形目(Cypriniformes)、鲤科(Cyprinidae)、裂腹鱼亚科(Schizothoracinae)、裸鲤属(*Gymnocypris* Gunther)。

4　主要形态构造特征

4.1　外部形态特征

4.1.1　外形

体长形,稍侧扁。吻钝圆。口近端位或亚下位,呈马蹄形。唇狭窄,唇后沟中断,无须,鱼体表无鳞,仅在肛门和臀鳍两侧以及肩带部位有稀疏的特化鳞片。鱼体背部呈灰褐色或黄褐色,腹部则为灰白色或浅黄色,体侧有不规则的褐色块斑,也有个别鱼体全身呈浅黄色。青海湖裸鲤的外形见图1。

4.1.2　可数性状

4.1.2.1　背鳍鳍式:D.Ⅲ－7(6～9)。

4.1.2.2　臀鳍鳍式:A.Ⅲ－5。

4.1.2.3　第一鳃弓鳃耙数:外侧13～45,内侧24～48。

4.1.3　可量性状

对体长21～30cm、体重100～450g的个体,实测可量比例值见表1。

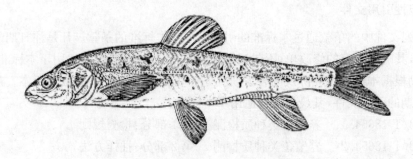

图1　青海湖裸鲤的外形图

表1　青海湖裸鲤的可量性状比例值

全长/体长	体长/体高	体长/头长	头长/吻长	头长/眼径	头长/眼间距	体长/尾柄长	尾柄长/尾柄高
1.186± 0.019	5.83± 1.34	5.00± 1.04	5.04± 1.19	5.60± 1.07	3.37± 0.43	6.47± 1.39	1.860± 0.18

4.2　内部构造特征

4.2.1　鳔

两室,后室为前室长的1.69～3.34倍,壁厚。

4.2.2　下咽齿

两行。齿式为3·4/4·3。

4.2.3　脊椎骨

脊椎骨总数:47～52。

4.2.4　腹膜

黑色。

4.2.5　肠

肠长为体长的1.14～5.26倍。

5　生长与繁殖

5.1　生长

不同年龄组鱼的全长与体重实测平均值见表2。

表2　不同年龄组鱼的全长和体重实测平均值

年龄		1	2	3	4	5	6	7	8	9	10
全长 (cm)	雌	6.23± 2.40	12.40± 4.30	16.00± 5.60	18.98± 5.90	21.83± 5.30	24.48± 3.30	27.28± 4.20	30.12± 5.50	34.70± 7.70	36.30± 6.40
	雄	6.14± 3.00	12.40± 4.80	16.60± 6.00	19.90± 5.80	22.23± 5.80	25.10± 4.30	28.20± 4.80	31.34± 6.0	34.20± 6.80	37.60± 7.0
	$\overline{X}±\delta$	6.19± 2.70	12.40± 4.55	16.30± 5.80	18.99± 5.85	22.03± 5.55	24.79± 3.80	27.72± 4.50	30.73± 5.75	34.45± 7.25	36.95± 6.70
体重 (g)	雌	6.16± 4.5	15.30± 8.20	60.50± 43.70	80.17± 39.0	145.9± 47.90	236.0± 48.0	269.6± 70.0	422.50± 85.90	582.0± 91.0	648.0± 84.0
	雄	6.0± 4.2	14.50± 9.50	48.0± 42.30	70.5± 44.20	125.9± 51.80	216.0± 59.0	249.0± 65.3	408.0± 84.50	517.0± 89.4	620.0± 95.0
	$\overline{X}±\delta$	6.08± 4.35	14.90± 8.85	54.25± 43.00	73.34± 41.60	135.90± 49.85	226.0± 53.50	254.3± 67.65	415.25± 85.20	549.5± 90.20	634.0± 89.5

注1：$\overline{X}±\delta$ 为雌、雄鱼混合样本的平均值加上标准误；

注2：样本取自1996年～1999年。

5.2　繁殖

5.2.1　性成熟年龄：雌鱼4龄以上，雄鱼3～4龄.

5.2.2　产卵类型：性成熟个体性腺每年成熟一次，分批产卵。

5.2.3　怀卵量：不同年龄组个体的怀卵量见表3。

表3　不同年龄组亲鱼个体平均怀卵量

年龄	5	6	7	8
性腺重(g)	100	120	150	200
绝对怀卵量(粒)	2872	3422	5296	6200
相对怀卵量(粒/g体重)	27.8	28.5	32.3	31.2

6　遗传学特征

6.1　细胞遗传学特征

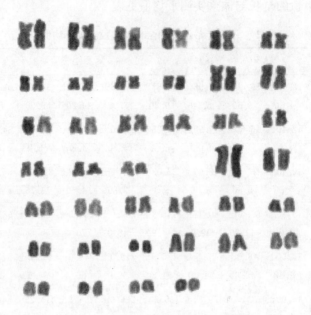

图2　染色体组型图

体细胞染色体数：$2n=92$；

核型公式：$24m+26sm+26st+16t$；

染色体组型见图2。

6.2　生化遗传学特性

肾组织乳酸脱氢酶同工酶(LDH)电泳酶谱见图3,酶带扫描图见图4,同工酶酶带的活性强度见表4。

图3　肾组织 LDH 同工酶电泳酶谱图

1. LDH_1 , 2. LDH_2 , 3. LDH_3 , 4. LDH_4 , 5. LDH_5 , 6. LDH_6 , 7. LDH_7 , 8. LDH_8 ,

9. LDH_9 , 10. LDH_{10} , 11. LDH_{11} , 12. LDH_{12}

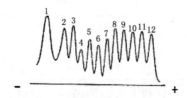

图4　肾组织 LDH 同工酶酶带扫描图

1. LDH$_1$,2. LDH$_2$,3. LDH$_3$,4. LDH$_4$,5. LDH$_5$,6. LDH$_6$,7. LDH$_7$,8. LDH$_8$,
9. LDH$_9$,10. LDH$_{10}$,11. LDH$_{11}$,12. LDH$_{12}$

表4　肾组织 LDH 同工酶酶带活性强度(%)

酶带	LDH$_1$	LDH$_2$	LDH$_3$	LDH$_4$	LDH$_5$	LDH$_6$	LDH$_7$	LDH$_8$	LDH$_9$	LDH$_{10}$	LDH$_{11}$	LDH$_{12}$
活性强度	22.0	12.8	10.3	2.8	4.6	2.7	4.2	8.7	8.7	8.7	8.9	5.0

7　检测方法

7.1　抽样规则

按 GB/T　18654.2 规定执行。

7.2　性状测定

按 GB/T　18654.3 规定执行。

7.3　年龄鉴定

主要依据青海湖裸鲤臀鳞上的年轮数鉴定。

7.4　繁殖力的测定

按 SC　1037 规定执行。

7.5　染色体检测

按 GB/T　18654.12 规定执行。

7.6　同工酶测定

7.6.1　样品制备:样品按 1:5 的比例加入 20%蔗糖溶液,在冰浴下匀浆,在 4℃,12 000r/min 条件下离心 30min,取上清液置冰箱中保存备用。

7.6.2　电泳分离:用水平平板电泳仪及浓度为 7.0%聚丙烯酰胺凝胶进行分离。电极缓冲液为三羟甲基氨基甲烷(Tris)-甘氨酸系统(pH8.9),电泳在 6℃下进行 2~3h,电流 30mA,电压 150~300V。加样量 10μL。

7.6.3　染色:电泳结束后,放入预先配制好并在 30℃恒温箱中保温的染色液(染色液配方见表5)中染色。

表5　染色液配方

1.5molTris－HCL 染色缓冲液(pH＝8.3)(ml)	辅酶 I(mg)	1%氯化硝基四氮唑蓝(ml)	吩嗪甲酯硫酸盐(mg)	1mol/l 乳酸钠(pH＝7.0)(ml)	蒸馏水(ml)
15	30	30	10.5	10	95

7.6.4　扫描测定：用激光扫描仪对电泳图谱进行扫描。

7.7　检测结果判定

　　按 GB/T 18654.1 规定执行。

图　　版

彩图 1-2　青海湖裸鲤种群分布

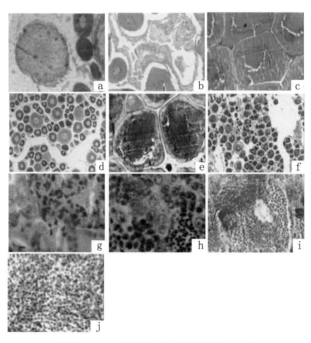

彩图 3-11　青海湖裸鲤的性腺组织切片

a. Ⅵ期卵巢，示正在吸收的卵母细胞，100×；b. Ⅵ期卵巢，卵巢中具有大量的第 2、3 时相的卵母细胞和空滤泡，其中第 3 时相的卵母细胞膜已不正常，40×；c. Ⅳ期卵巢，除第 4 时相卵母细胞外，几乎没有第 2、3 时相的卵母细胞，40×；d. Ⅲ期卵巢，40×；e. Ⅳ期卵巢，卵黄颗粒充满细胞质，除第 4 时相卵母细胞外，还有少量第 2、3 时相的卵母细胞，40×；f. Ⅱ期卵巢早期，40×；g. Ⅱ期精巢，1000×；h. Ⅲ期精巢，1000×；i. Ⅳ期精巢，400×；j. Ⅴ期精巢，1000×

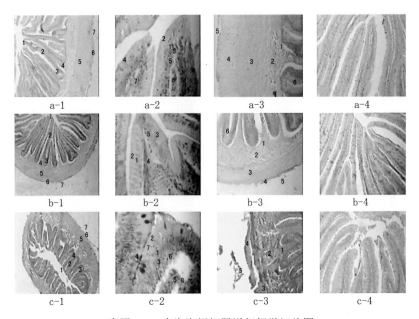

彩图 4-1　青海湖裸鲤肠道组织学切片图

a-1. 前肠全貌，×40：1. 黏膜褶，2. 上皮，3. 浅凹，4. 固有膜，5. 环肌层，6. 纵肌层，7. 浆膜；a-2. 前肠黏膜层，×400：1. 柱状细胞，2. 纹状缘，3. 柱状细胞核，4. 杯状细胞，5. 侵入上皮细胞的淋巴细胞，6. 固有膜，7. 毛细血管；a-3. 前肠横切图，×100：1. 基膜，2. 固有膜，3. 环肌，4. 纵肌，5. 浆膜，6. 浅凹；a-4. 前肠黏膜层，×100。b-1. 中肠全貌，×40：1. 黏膜褶，2. 上皮，3. 浅凹，4. 固有膜，5. 环肌层，6. 纵肌层，7. 浆膜；b-2. 中肠黏膜层，×400：1. 柱状细胞，2. 纹状缘，3. 杯状细胞，4. 固有膜，5. 淋巴细胞；b-3. 中肠横切图，×100：1. 基膜，2. 固有膜，3. 环肌，4. 纵肌，5. 浆膜，6. 浅凹；b-4. 中肠黏膜层，×100。c-1. 后肠全貌，×40：1. 黏膜褶，2. 上皮，3. 浅凹，4. 固有膜，5. 环肌层，6. 纵肌层，7. 浆膜；c-2. 后肠黏膜层，×400：1. 柱状细胞，2. 纹状缘，3. 柱状细胞核，4. 杯状细胞，5. 固有膜，6. 淋巴细胞，7. 游走细胞，8. 毛细血管；c-3. 后肠横切图，×100：1. 基膜，2. 固有膜，3. 环肌层，4. 纵肌层，5. 浆膜；c-4. 后肠黏膜层，×100

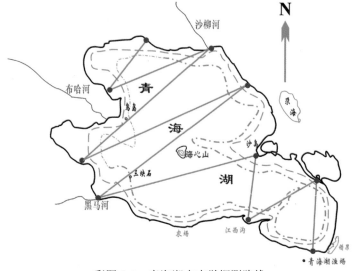

彩图 6-1　青海湖水声学探测路线

青海省卫星影像地图

公里 60   0   60   120 公里

波段组合: TM87, B4, B1

编制单位: 青海省贫困地区发展研究中心

图版 4

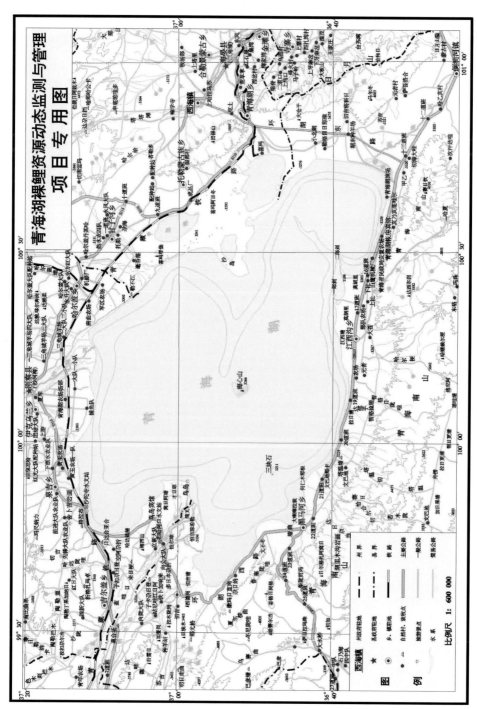

青海湖水系分布图

青海湖

青海湖裸鲤

青海湖油菜花

青海湖裸鲤生物学调查

青海湖鸟岛，许多鸟类以青海湖裸鲤为食

青海湖裸鲤生物学调查

探测船

青海湖裸鲤主要繁殖地：布哈河

数据接收

青海湖裸鲤主要繁殖地：黑马河

用鱼探仪探测青海湖裸鲤的种群数量

青海湖裸鲤主要繁殖地：沙柳河

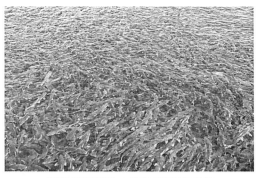

繁殖期间洄游上溯的青海湖裸鲤

救护洄游期间断流搁浅的青海湖裸鲤

溯河洄游期间搁浅死亡的青海湖裸鲤

泉吉河鱼道

农业灌溉用拦水坝阻断青海湖裸鲤的繁殖洄游

沙柳河鱼道

采捕亲鱼用于人工繁殖

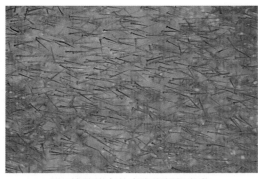

人工繁殖培育的青海湖裸鲤鱼苗

人工授精

青海湖裸鲤育苗车间

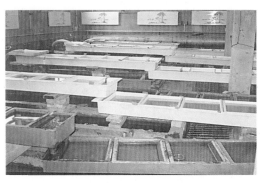

青海湖裸鲤人工孵化车间

青海湖裸鲤救护中心

青海湖裸鲤人工增殖放流